# 炉边独语

孙福熙散文精选

孙福熙 著

 泰山出版社·济南·

图书在版编目（CIP）数据

孙福熙散文精选 / 孙福熙著. -- 济南：泰山出版社，2023.11

（炉边独语）

ISBN 978-7-5519-0799-6

Ⅰ.①孙… Ⅱ.①孙… Ⅲ.①散文集－中国－现代 Ⅳ.①I266

中国国家版本馆CIP数据核字（2023）第094807号

LUBIAN DUYU　SUNFUXI SANWEN JINGXUAN
炉边独语：孙福熙散文精选

责任编辑	池　骋
装帧设计	路渊源
出版发行	泰山出版社
社　　址	济南市泺源大街2号　邮编　250014
电　　话	综 合 部（0531）82023579　82022566
	出版业务部（0531）82025510　82020455
网　　址	www.tscbs.com
电子信箱	tscbs@sohu.com
印　　刷	山东通达印刷有限公司
成品尺寸	150 mm×230 mm　16开
印　　张	14.5
字　　数	180千字
版　　次	2023年11月第1版
印　　次	2023年11月第1次印刷
标准书号	ISBN 978-7-5519-0799-6
定　　价	39.00元

凡　例

一、本书收录了作者的散文经典文章或片段节选，主要展现了作者的学术历程、情感操守，以及当时的时代风貌等。

二、将所选文章改为简体横排，以适应当代的阅读习惯。所选文章尽量依照原作，以保持文章的时代韵味，部分内容参照当下最新的整理成果进行了适当修改。

三、所选文章没有标题或者标题重复的，编辑时另行拟加或改拟。

四、对有些当时惯用的文字，如"的""地""得""作""做""哪""那""吧""罢""化钱""记帐"等，仍多遵照旧用。

目录

001 赴法途中漫画（节选）

026 细磨细琢的春台

028 我的寓所

030 找寻画景

033 猫山之民

035 "你在中国也常常这样的游逛高山的吗？"

039 扣动心弦深处

041 野花香醉后

045 我纪念我的姑母和父亲

048 大西洋之滨

075 送　别

078 地中海上的日出

080 乡　思

082 变把戏的老人

086　红海上的一幕

088　海港一角

091　帆　船

094　青年的恋爱

100　谒　佛

105　北京乎

108　春　雪

110　今夜月

113　故宫博物院

116　出　游

122　中央观象台记游

125　清华园之菊

135　林风眠先生

140　欢迎一位园艺学家来北京

146　安纳西湖

180　庐山避暑

192　什么是女性美

196　不　死

203　绍兴通讯

208　朱古力的滋味

211　普陀海浴

224　读书并非为黄金

赴法途中漫画（节选）

我初认字的时候，每有一种思想，以为只要教师能应许我以画代字，必定免得许多困难。那时候画一条鱼一只猫，确比写一个鱼字一个猫字容易得多。近几年来，觉着许多绘画的材料，一经动笔，似乎还是用文字容易表现些了。这次旅行中所得的感觉，我恨不能用绘画表现出来，用了文字，不晓得能勉强表现其万一否。我虽不能表现我的感觉，却用了"漫画"二字命题，谨向阅者道罪。

一

我早晨在旅馆中醒来。窗中射进很红的日光；虽然是久雨之后，这样清明，却也有三天了。屋上积着浓霜。这是我今冬见霜的第一次。但去年前年都是常见的。寒暑表上的水银柱，在华氏三十九又二分之一度上。时表上的针，指在六时零三分上。旅馆中的茶房为我倒洗脸水，比往日早些，但同时也有几人要他倒了。皮箧网篮载在人力车上，车夫问我索价，我给他钱，一切都与平时没有不同。

到了码头，同往法国的学生四五十人，聚在一处。上"黄浦"号拨船至吴淞，才真见所谓"智利"（Chili）号的邮船。

到了一时，真的开动了。这种情形，都显出与平日不同之点。而到了这时，也使我相信，确有所谓十二月十五日开往法国的"智利"船。

每人行李两三件，有钉铁皮的板箱，有包油布的被服，显出经得起挫折的样子。但也有几只网篮，满装罐头食物，篮上细弱的绳网，拦不住篮中的罐，一个两个的掉出来。更有几个被服包的绳索间，塞一个面盆，有铜的，有磁的。搬夫将行李搬上船时，使我听到几次这种面盆掉在地上的声音。铜的声音很响，磁的带些惨碎了。

吴稚晖先生引导我们安排行李与舱位。他是一百四十四人的母亲。我敢臆断我们中无论谁的母亲都有同他一样的爱心，但没有一人有为他的爱子这样妥当安排的能力。

舱中进来一个高大的语声，问四川学生在那里。这高声叫喊的人年约四十岁，手中拿着华法教育会印出的"旅行须知"交给一人，说"贴在大众看见的地方"。他将颜面稍向地低下去，他的眼光，从他的两个正圆的眼镜的上边射出来，瞧着人们说，"你们不能有不规则的事情，否则……。"

舱位在平面板下第二层，高约一丈，等分三层，每层除平板外，边上围以直板，高约四寸。因为人多的缘故，靠着地板的底层中也睡人了，而皮箱网篮都放在走路中。四立方丈的容积中居二十余人。有两个圆窗，射进光亮。光线的需要，在这时更显出可贵。我的位置在上层，一丝光线从低处窗口来，映在我的一部的天花板上。我想，能把手镜系在上面铁杆上，必将光线反射下来，使我可以看书。这手镜是我的哥很心爱的，现在给我了。但他之爱这镜,与给我带走,都不会想到他能反光,使我可以看书的。

停了一回,装上电灯,室内大光明了,再不想到有窗外来的光线了。所谓黑暗与光明,也只差得这么一点吗?

从拨船上"智利"时,我们的行李都是自己拿的。小的一人拿两件,或一人一件,大的两人共拿一件。我为别人抬一只柳条箱,他也与我共拿一只我的网篮。为了这个,使我全身是汗,口渴异常,就从网篮中拿出橘子,吃得很多,这就是预备的东西得着应用的起点了。

郭君给我一个垫褥,说"每人有一个"。我就拿了这个,照样的对人说每人有一个。这垫褥是蓝布的,里边装着干的稻秆,大小恰如可睡一人的床。我觉得这草垫不是必要,而且减少了床板与顶板的距离,更使我不能坐直,所以拿了这个送回原处了。不多时,走路上积得很多的草垫,都是取了去又弃掉的,其取其舍,都不知受着海中什么新潮流的影响。

舱中气温在六十度,疑心他从热带来时保存下来的,有几人喊着气闷,不久也就停止了。当前此"高尔帝埃"号开船时,我们要求几个四等舱位,回答说虽饮食起居一切都不要船中负责,也不能设法了。这时喊气闷的几位,或者已听到这个消息了。

三时,有人问已开船没有。实在船已开一小时多了。

偶从窗外一望,见狭小的上海的岸,隔着黄色的波浪,更渐渐的狭小。舱中有人喊着谁遮住光亮,我不得不离开窗孔,不能看这海岸究竟狭小到怎样为止。

上船不多时候,就有人对着光亮看书。装起电灯之后,许多人都展开书本，甚有念法文的声音了。

五时，饭菜送进舱中来了。十人为一组，每组米饭菜蔬各一盆。盆的圆径约尺余，中置青菜与羊肉。

船逐渐摆动的更甚了，但幸而有睡觉抵制它，一睡一醒把一昼夜分成七八个昼夜。十六日午间，搭在绳上的手巾，因船的摆动，也起摆动，它的摆幅竟至二三寸之长，而一个完全振动，约需时三十秒钟，这就是比在火车电车和悬木上难忍之点。

我很想看海中的日出，但总不敢起来。穿上一只袜，不能再穿第二只，这样直至第二天。心中想，这时到舱面上去看，只有风涛罢了，风涛不一定要看的，我已听得很明白了。

这时候没有读法文的声音，也不见有看书的人了。但有时发出什么"先帝呀……白帝城"的国剧，和"中国雄立宇……宙间"的国歌的断片，破此岑寂。

十七日浪较小些。早晨七时，舱面上也有六十六度的气温，风来不会太寒了。于是许多人都在舱面上散步。舱面上和厕所洗面所中，常遇法国兵和法国人的水手，大家凛凛然的注意他们，怕被他们侮辱。各人心中怕受国家的荣誉上的侮辱，更比怕个人的生命上的侮辱为甚。其实世界上有了要侮辱他人的人，是人类的耻辱，被侮辱与否，还是其次哩。至于个人的和国家的更无从分别起的。四川湖南等省来的几位，当明白生命的侮辱了；然而不受着这种耻辱的人，何曾不同样的耻辱呢！

日光照在海面上，被云块遮住，分出明暗，疑心海水中更有水陆。风吹海面，激起白浪，很像有白鹅在水中浮沉。西望小岛，隐约云雾间，与水相界处，白色带状，仿佛有水石相撞的声音，采珠者当在此间出没。

我们在这样大的汽船中尚以浪大为恨，而许多长不过三丈的帆船，却也漂浮水上，不觉可怕。晚间屡遇相向而来的汽船，初不过微露光亮，继则如很小的星丛自出而没的样子。他们见了我们，当也作如此想罢。

在食堂中吃饭的时候，有一人走近来说"你们两人是那一省的？啊，湖南的，还有江西的，湖北的……请你们转言：我是护送四川学生来的。但是外国人都要责成我，我因为你们都是中国人，你们有事可同我说。我不是毛遂自荐。我住在三等船中。我姓张。"他就是初上船时拿"旅行须知"来的那一位。听说我们能在三等食堂中用食，比船中安稳些，就是他交涉的结果。每日上午九时开饭两次，这是没有更变。

上船的第二天的早晨，已有几人面上变了灰白黄黑，第三天更甚了，但自此以后不再加多，而已病者且回复原状了。这并不在于浪的减小了些，实在已是习惯了。我也不怕什么，而能写这一篇了。十八日早晨，船行丛岛间，碧绿的水波被船荡成白浪。渐进，帆船小汽船来往渐多，那大汽船也多系在铁标上。再进，见数层的房屋渐多。七时半船停了，这就到香港了。

一九一〇，十二，十八日香港寄

二

小菜场的面积约一百方丈，形状是正方的，每边有门五，前门直达后门，左门直达右门，都为走路。全面积都是西门得士的，而沿走路都有水沟，上覆有细孔的铁板，而自来水机关也在其间，分布得很密。

场中菜蔬占三分之一的面积。菜蔬的种类太多了，使我认不清，记不住。我所认得清记得住的有韭，芋，春笋，冬笋，青瓜，白菜，芥菜，茄子，蒲瓜，香菜，蒜头，椰子，萝卜，槟榔等，我看了这种菜蔬之后，我不能在西贡境内把现在究竟是什么节气记忆清楚。

场中相类的货物聚在一处：南部为菜蔬和鱼虾；东为肉，和熟食，如稻香村陆稿荐的样子；更东为汽水，酒类和面包，面包之北为鸡，鸭，鹅和兔；北部为布匹与杂货；中部则为咸鱼和干果。此外除两个书铺外，大部是菜蔬的范围了。

书铺，一家是卖小调戏曲的，夹着几部不完全的《纲鉴易知录》，和《本草纲目》等。这种小调都是广州出版的，不见有安南的。一家是用罗马文拚安南语音的歌谣小说，但所有的如《南京北京传》，《第六才子》等等都是中国材料罢了。

豆腐和油煎豆腐一二家，干的紫菜和湿的线粉数家，但顾客较少。

南门口卖花女很多。他们的造化术还可与日本相比。花的种类之多，正与菜蔬一样。我在这市场中买了几本小曲，其一本名《四季莲花》的，当中有一段说：

> 那桃红和李白两旁开放，牡丹花真是香国称王，素心兰与梅桂分外清香，金凤花一朵朵各自朝阳；那芙蓉好比美人模样，素馨花与茉莉伴住海棠；长春桂他生来高长大汉，鸡

冠花红杏楼灿烂辉煌。

这段话原是写广东的，但在更热的西贡自然更甚了。我把花开花谢有月令的制限的观念，从此打破了。

场的四周，都留空地，南面更是数百方丈的广场。在广场中抬头望见大时钟。我到这里，正听它敲七响。场的北面有很大的街市；广场前为小火车三路之总汇处。来市买菜者挟着竹笾纷纷来往。竹笾为半球形的，无柄，携取的时候，以手臂挟在腋下。红绿的肉与菜，微露在笾的口外。

我在街上不能走远。黄黑颜面戴红帽的印度人开的杂货布匹铺很多，可是我不能与他们发生关系。中国人的商铺也很多，但听不懂话，写字也得不到什么好答案。而且说法郎在此地不能适用。

一家面包铺子的广东人商伙，引导我到一家印度人的杂货铺兑换货币。每十法郎换西贡银一元又十占（Cent）。占是圆的百分之一，是有圆孔的铜圆。更有十占二十占的镀银的铜币。

我问他公园在那里，他说，"从此地雇人力车去，等至游完再回来，每辆约三毫。马车四五毫也够了。"我们四人就要他代雇马车。有一位曾到过北京的人问他门券若干，他的心中，因为我说"听说西贡公园是很好的"一句话，预备出中央公园和城南公园的几倍的钱，然而那位广东伙友急忙的说"这不要钱的"。一位曾经久住上海的人，也很以有这样的事体为怪。临走时那位伙友再三说"这里是 Boulevard Charner，车资四毫，回来时给他好了"。这店铺名振泰，离轮船码头约半里。

车行二十分钟，就到公园了，地在西班牙路（Rue D'espagne）的卢梭路（Rue Rousseau）。

我们在车中望见树林渐高大茂密了，及下车，则已在公园内了。游至一处，见民房了，又进，更是街道了。我们不能认清何处是公园的边界，它没有"什么公园"或"什么公园后门"的字样或门岗，使我们认得出来。公园内只要不妨害草地，汽车，马车，人力车，自行车都可进去，不受制限的。

每种动植物都标明名称，类，产地；动物则更有标本画，以便对照。这种情形，可知其不仅为了娱乐居奇罢了。什么并头莲，菊花会，野人头之类算得什么呵？然而我也知道所称赞他们的，都是应有的，并不比别处的有什么特长。

公园的中央是动物院，后方是花房，余则因地制宜，种植各种植物，而间以一所一所的各种动物。

我以前看见热带动植物，因为气候的关系，总不免有些不自然。现在所见的是生活在适宜的土地和气候中，它们强悍的性情，自然更足刺激我们的感觉了。

植物比动物更利害：椰科的最多，四五丈高的椰子，从挺直的树顶上，垂下每片二三丈长的叶子，和大小无数的果实，这种果实，是半尺余直径的圆球。一二丈高的大铁蕉，掌状叶射出叶脉的棕榈，更有扇状叶灌木的，种类更是繁复；叶可做扇的也是他们中的一种。羽状复叶簇生细果的槟榔也高至三丈。

二丈余的仙人掌，满生老刺。低小的竹，长出尺余长的叶；黄干绿纹的，非常高大，而叶长不过一寸。

其余开红色甜蜜香气的花，结坚硬木质的果的乔水；长着光滑浓绿而椭圆形的叶，垂着细小茂密而成穗的花的藤；或生粗长的针刺，抵御害他的动物；或是细软的气根，吸收空气中的水分。可惜我没有植物知识，更不长记忆，不能将他们的名称和性状写出来，但各种蔷薇和池中开红花结莲蓬的荷花，却是我脑中留着很深的印象的。

有一种动物最使人注意的就是象，给他果子，要他 Merci，他就一跪。有人给他铜币，他就用鼻卷了掷向在旁的守果子铺者购买。有人给他不能吃的东西，他就用鼻向自来水机头吸水喷人。但被喷的不是白人，因为掷这种东西的人，总也不是白人。

人都称赞这象的技能，而不知他已失了应有的技能；人都说他可不忧无食，而不知这正是可忧之至。

在花叶间飞舞的各种颜色各种形状的蝴蝶，真显出乐意，这不是谁要他在这里这样飞舞的，也没有谁不许他在这里这样飞舞。然而我们与他们自己都情愿他们在这里这样飞舞。

街市间极不喧扰，在宁静中听小火车的气管声和铃声。街上间或有叫卖的人，但不是高声的叫喊。小贩都是停着担静候着的。步道比北京上海的要阔上两倍，步道上每隔二丈余有一板屋，与街店相对，这想是街摊进化的，大概由警察署设立的。其营业以杂货干果汽水为多。

安南人嘴唇上多有鲜红色，这是吃槟榔后所留的。有所谓安南灰者，将食蚌所余的壳煅灰而成，色红，味咸，除土人外，都不喜食。土人将这种红灰涂在槟榔或另一种叶子上面食之。唇上红色就是这个东西。

人力车夫很多，看去同北京上海杭州的一样可怜，他们裁蕉

叶圆锥形的帽，而车的两柄是竹的，是很长的，这是不同的。

小火车的轨道，在两条平行的马路的中间。火车要经过通两马路的直路的时候，就将两条涂红色的竹竿拦住。车经过次数很多，故专设人守卫。

火车分一二两等，到堤岸（Cholon）价十分与六分，其每站距离与电车相像，不过他的买票，也要在车站买的，车站是很小的一间板屋。车资是否远近同价，如日本及天津的电车一样，我不知道。

堤岸约离三十里，火车二十分钟可到。有广东街，颇发达。

二十一日下午许多人湿着衣服回来，因为这个雨不是能从天色里预料到的。将开船时，也是大雨，送行者的白帽都黄黑些了。但雨不甚长，雨后凉快多了。晨起六时是六十四度的气温，二十三日中高到八十八度。据说这几天最凉，三四月最热，也最多雨。西贡在北纬十一度的样子，故冬至时最凉而夏至前后两次日光直射时最热。两层高的洋房就设避雷针了，这可以知雷雨之多。

西贡约在东经一百零七度，而上海约在一百二十二度，两地的经差为十五。地球自转三百六十度，适为一昼夜，故每度之时差为四分钟。今相差十五度的经差，故为一小时的时差。但我从上海带来的时刻，只比西贡的迟三十分钟，不知错在那里。

我回忆十一月初在北京时，十七时至十八时的一堂功课，必须用灯光了。然而在西贡，晚间没有别的光线，勉强能看得出时表的针的时候，在十八时二十分。

安南人的语言与中国不同，而且各地也相差很远，东京语与西贡语就须有翻译。然而文字也是汉字，即在文中也是读汉音的。这与日本文和汉文的关系有相同之点。

我得不到用汉文写的安南书，只有一本用罗马文拼安南音的俗谣集，未知能检查字典而看懂些他的意思否。

公园中的植物，并不严分种类，区画地点，却以其有关系而性质相同者同植一处，各种的寄生植物也都寄生在他应有的寄主上，藤本的施在乔木上，并不用什么竹木的，人为的棚；水草生在河边；菌类生在隙地。我看了这种设施，使我对于以前所主张的增加些自信力。

一位同行的学生找不到公园，他说，因为到处都像个公园。然而一到公园，自然知道更有所谓公园了。

沿街的房屋的围墙上，也有插着玻璃碎片的，他利用美的作用，使各种颜色相间，但我很不愿意看他。

我在路上看见一个布告说；

注意：公启者，祈即速纳妥该五元补纳之税后，有三个月通行，方纳西一九二一身税，如过期十二月三十一号纳者，一经被拿，要缴理西一九二一之身税，祈各知之。

新客衔

这个文字，是用毛笔写的，笔致与缝针肥皂广告上写的"礼和洋行""伦敦"等字相像。这布告专给中国来的人看，因为对于土人都是用罗马文的了。

中国人在此地须纳身税，本是每年男子十八圆，女子五圆

五十占,十八岁以下的小孩免纳。自一九二一年起,男子须纳二十七圆八十五占了。这是振泰面包铺的伙友告我的。

我问他为什么有零数的,他说,这是公用自来水,公路电灯,通行街路,看岗巡警等的税的和数。土人不要出在街上通行的税,大概以土地是土人的为其理由,然而须做修筑道路的工。土人每年身税五圆。

所谓每年二十七圆八十五占者,还不过是一个工人。商人或其他职业,都按所有额与所得额的比例缴纳,每年六百圆以上的也有。

身税的名称,确乎不好听,但中国广东福建之来此者总是渐多,而且总必得着厚利。不愿纳税为什么不在原籍呢?金钱有什么要紧?最要紧的是有些教育。这是要责之教育家的。

法国人整理安南也算尽力了。我看起来,他们比对于上海法租界用心得多。安南人应该感激法国人,中国人更加了。

我的意思,法国人问安南人要无论什么东西,都可以的,要求无论怎样处置,也还可以的。但法国人应该以有诚心的,人的教育做报酬。那么,可以不必虑安南人被挤出在人世界之外了。这是法国人光荣的铜像。

法国人听者,经济追得死人,经济迫不死人的!现在的安南,想来还毫无所谓危险思想。但那一个人死在睡眠中的?死前总还有一醒。那一个人不喜欢同伴的?总必有人去敲他的门。

西贡多牛车,黄牛颈上的脊骨格外隆起,许多人见了,都说他天生成必须拉重。但我要问,他一样的有口,难道天生成该吃粗粝的吗。

日间大家出去游玩，夜间多不出去了。许多人在舱面上纳凉，各谈论西贡风俗，或经过情形，而且加些评论。然而所用的语言都是方言，朝鲜话，湖南话，四川话，都不是我所懂的。有一人发了一个更高的声音，而且是北方话，所以我听得懂，他说"听说西贡原来也是中国的，唉，可惜！"我听了就接续的想："听说中国还有很大的领土哩，唉，可惜！"这思想几乎变为语言了。

许多米袋都在船舱的底层装好了。舱板上散着尖小纯白的米粒。

二十三日十五时，船又动了，岸上许多黑衣服的安南人在气笛中举起白的帽子摇动；黑面庞的印度人围着红的裳静立着。有的遮在伞下，有的任雨丝像针的刺进去，却像没有觉得的样子。

最高层舱上许多老年的法国人，披各样雨衣，都拿了望远镜缓缓的走，一声两声的吹叫铃与船头上的司机者做手势，他们渐渐的下去。知道已离码头很远了。

十九时的样子，众人喊了一声，即刻笑声继起。我的头上，落了几点细小的水点，后来一个法国人的女子走过来，背后很湿，头发及颜面上挂着几点水珠，张口大笑，而且很快的说。几个法国人的军人用很表同情的态度答应他。他走过了，军人就轩一轩嘴耸一耸肩的在他的背后笑。船起落得很利害，有人说水又要泼上来了。

二十四日早晨听见鸡鸣，鹅也叫得很清亮，这是经西贡后的新声音。

我在自来水管前洗面，擦过一次，再想把手巾浸入盆中，盆底里沉着许多污点,原来对面的人,将带着鹅粪的草抛入海中时,被风咬过来的。

二十五日风浪平静,十二时微露远山,十八时到新加坡了。

阅者诸君倘不与西贡同纬度的,必定很有一种感觉,就是觉得我这信到得太迟,夏季的消息,至冬季才到。我想北京的阅者,必着重裘拥炉火听我挥汗饮冰的消息了。或者窗外还映着雪景哩。

一九二〇,十二,二十五,在新加坡寄。

三

据以前别人的经验,自可仑布行七昼夜,可到吉布的了。七日早晨,大家急欲望见陆地,但船长的报告,谓尚在北纬十二度十一分,东经四十八度四十九分之地,离吉布的尚有三百二十五海里。

八日十时,远望北方天与水的分界间,微呈黄色一线,不久,线渐有厚,而更长更广了。

水面的皱纹,渐渐微细,终而至于平静。没有峰也没有谷的黄沙的山,围绕三面,如死蛇上积了几千年的黄土一般。我们就在这中间停止行进了。

自可仑布至此,行将八昼夜,为这旅行中最长的一段。因此大家要求上岸游散的心思很殷。但当这正午的日光之下,八十四度的气温,精神上已很是醉倦;而照在日光中的满目黄沙,也不由得使人起了很大的反感。

许多的黑人，在汽船的升降梯周围的小划子中叫喊，争招渡到岸上去的顾客。

到了码头，有几人竭力的说大家不要离散，防为土人所食。

我们没有见到街市，所见的惟咖啡馆，面包铺各一，西服，杂货铺各二三而已。这种商店，散在各处并不成市。

钱币为法郎与生丁，与法国制的一样，法国制的，同时并用，价值相同。

我们说，我们尚未见到吉布的的女子；正在说话的时候，女子六七人，迎面来了。她们的肤色比男子更黝黑，着长服，想无下衣。衣服的材料，以条纹或细点的白布为多。袖很短小，露出黑色的手臂。上下臂间多有黄色的果实一串，也有为金属物制成之圈者。黑人的发很卷曲，或细小颗粒，贴在头上，如佛像头上染蓝色之螺髻，也如做袍褂里层的珠皮。女子并不剪发，但似乎没有闪光的，摇动的散在前面，也没有"绞丝"的，"文明"的结在后面。发上和颈上似乎都有黄红白绿的金石小片，但不很注意，不得其详，大概与北京的天宝，上海的凤祥，杭州的乾源等店所卖者相同。但其来源和作用都很简单，不过如斯维夫脱所说，山中掘来红绿石子，头上一蓬毛的动物大家乱夺一阵罢了。

渐走渐近，这几个女子已在面前了。他们且笑且说，张开两手，拦阻我们的去路，后且牵住衣角，说笑也更甚了。

我想，这样的事，大家不是没有遇见过。但因为他们的面庞是黑的，所以斥他们为野蛮鄙俗了。我在西贡街上的夜间，也遇见这样的事，我见有女子来拉了，立即走开步道，他也不追过来了。我遇见这样的事，在西贡也不是第一次，所以对于逃避的方法也很熟练。

土人的住屋低小，门口放低小的凳和床，多以白布盖全身睡着，全地都像在睡眠中，而游人也倦极欲睡了。

屋的墙壁全是白的，就是几所欧洲式的房屋如商店和插法国旗的局所，也是如此。然而这白的壁与黄沙的地，照在日光中，强力刺戟的反射光，愈使人不能在街上行走，——这时更念及西贡的绿荫了。

小孩贩卖的物品，以橘子，石榴，螺壳和鸟羽为多，人工物有芭蕉叶编织的扇，形方，柄在侧边，如手旗，也如菜刀。此外没有贩卖的制作品；而从别的方面，也没有见到的了。法国人印的本地风俗的明信片，则卖者很多。

只有数小时的时间，而且胆又这样小，不敢进狭小的街道去，更不能与他们接近，故实在看不到什么；但侥幸见到一所学校，略可餍我的欲望。

我自上海到这里行将二万里了。不料在中国各处习见的旧式学校得再见于此。这学校靠近街道，从他们读书的声音，使我知道此地有学校；教室的门外就是街，在街中能够望见摇着身体读书的学生。进去，小孩八九人，坐在一行半的桌子旁。桌子的地位，在街门口之一角，约占全室五分之一的样子，其余的地位，全被高低不齐的桌凳占据着，——桌凳脚有几只有些倾斜了，而且似乎有些霉烂了。一只吃东西后所留的碗，放在蒙尘沙的桌面上。壁上贴几块纸，疑是香烟或洋布的广告。

室内除小孩外没有别的人。小孩对着倾斜面的桌上的书，高声诵读。各人的书不全是相同的。书中文字横行,每字只有直线或曲线一二条,其中有"6"与"4"二字为我所认识的。盖他们所用的为阿剌伯文也。这种书是油光纸上石印的,与中国中学校教科书一样。小孩每读书几句便再看我。有几人略带笑容,大约因为给他消遣的资料,表示欢迎;瘦小些的,也是这样子的看,但没有笑容,从他不敢直视的眼中,知道他有所畏惧;更有一人,于一次之后不再仰视,只是读书了。

对着书本高唱,算是儿童的事业,这个律令,竟也统治于二万里外的非洲,这是我很奇怪的。但是石印横行文字的书本和倾斜面的桌子,北京上海和各处乡间与这所相同的学校中,倒是很少看见的。我不愿陈列丑恶,实在是自己谴责。

从汽船到码头的划子,每人出费一法郎,自码头回船相同。然竟闻有在中流停船,出刀示众,要挟每人两法郎者。倘有晚后过渡者,想必更甚了。

有人在汽船中失了外套等衣服数件,想由窗中窃去的。

游吉布的后,我们中多有人说黑人这样的程度,要他们怎样能生存呢?这话原是哀矜勿喜的;但我的意思,现在所谓能生存者,难道生而已然的吗?他们没有机会求进步。即使他们就是古文明国的埃及民族,也有可以原谅之理,——他们是睡着了。但是醒的应该怎样呢?

世间上有一个"被侮辱与损害的人",连自己以为光荣与利益的人也"不幸"在内,而且一切人都是"不幸"。

九日六时,将要开船了,机器房里的煤已装完,许多牛皮——本地出口货的大宗——也装到最后的一捆了,这牛皮忽然

从空中掉下；附有重大铁球的钩往上升起；铁索断了，铁球往前飞去，铁与铁摩擦，火光四迸。那铁球穿破布篷落在藤椅的一角上，幸未击着人身，这时满舱面的人各睡在椅中。

红海中没有大风浪；但到了十一日，舱上布篷都拿去了，虽气温已减，日光还未达到可爱的程度；而逆面凉风，已足使人寒噤而有余。

浮海以来，屡以不携书具，不能使这景象留得长久些为恨。十一日早晨，我实在不容再忍了，因以"小楷羊毫"代画笔勉强写了一幅。

我没有用"见取框"，从窗内望出去，正圆的窗洞，便是画面的轮廓。

圆直径的五分之三是天，以下是水。水与天的境界，为几乎平直的弧线；左右一样高低，中部略凸，明白是大圆线的一部分。太阳偏在右边，大半尚在水面之后；左上面是一块大云，想必这是全体的一小部分，轮廓外边还有很大的哩。有了这个，恰好与太阳在画面上得成左右平衡。深色而且因受太阳返光而闪铄的水，也与太阳和云成上下平衡之势。中间是远近的云：平的，线似的三条，使左右联贯；中间一条最长，也最近太阳，地位在圆心之上；上一条偏左，近着大云；下的最短，几及圆心。太阳旁散着几小块，而全面各云间又散着几小点。这是一幅很好的构图。

画面上什么颜色都有，更夹以什么的混合色——所占的面积和分布的疏密，自然各有不同。天际除太阳近旁外，全衬青色；水面除因太阳而返光的鳞片状之处外，也是青色。太阳旁是强光的红黄合色，渐远渐淡。线条的云，右半是黄紫，因为受着太阳光的缘故；渐左渐深，带了灰绿。小块小点的，近太阳者，红黄中含青，远者红中含绿，就是远者比近者含青蓝的分量为多。但每块的向着太阳一面的边上，总留强光的红黄色。离太阳最近与最远的几小点，全是深青色的。这都是最近的，在太阳前面的。远的，在太阳后面的云，是红赭的，——更近太阳的，红中含黄，——都发强光被淡青的淡红黄的天衬出。左上方最大的一块是灰色中带了赭紫绿的，近旁沿出小块略淡薄些。从他发滞的形容上，看出细小的水滴。小云块与水面间是太阳的一角，是红黄赭的合色，而红与赭的分量都不很多。水波的鳞片愈远愈小，而红黄的分量也愈甚；留出青的皱纹外，都是青绿，这就是背日光的一面。它的波峰更深蓝，由峰至谷，都沿下几条深蓝的线。最近的一个波峰上鸡冠状的浪花，与飞跃而起一大一小的两点水珠，都是白的无色的。

我正想检点全画面有无遗漏，太阳离开水而跳出云上，使我怕羞；而天际与水面的形色也全变了。我不知道这可算是一幅完功的绘画否。

在红海中很少见云，也没有遇雨，故常在早上见太阳从水后起来，晚上往水后下去。因为如此，所以海水常被照得通红，所谓"红海"者，实在还是"青海"之至。

一九二一，一，十三，在苏彝士寄。

四

十三日早晨是"秋汛"的气象了。括面的风,叫得寒暑表降到六十度。人虽屡欲寒噤,却不敢寒噤——这话似乎很不循理,但试想"呵欠时怕人割舌头"的心理,便不会奇怪了。这是一样的情形。虽然没有雨,但水手冲过地板,地面上的潮湿很足以当之。北省空气干燥,颇少这种现象;在南方,是秋来时必有的先锋。我家乡称他为"收南瓜棚",因为夏季以来庭园间所栽南瓜的枝叶都被他吹倒,而使人在这风雨中看出庭园比平常尤为光明开畅。汽船上虽没有南瓜棚,但竟有同样的景象,就是新近拿去了布篷。提起我秋汛的观念,这也是很重要的原素。

三时下,左右两岸黄沙的山经过不少了;前面水的界线上冲起煤烟,既而露出许多船桅的尖端,又渐见屋顶,四时,就在这街市前汽船三五的湾中停驶。这就是苏彝士(Suez)运河南口了。

从船梯上来的人颇多,但不见有下去的。

上来的人有来检察旅客的身体的,我们从舱面上走下来,他们就在旁留心,这样就完事了。

望街市并不繁盛。所见人种颇多不同,但不知其详,一望回族最多,埃及人是容易识别的。

一个埃及人在舱面检视上船的货物。他是黄色面庞,头上是红色"截圆锥体"形的帽,顶上圆心有一黑色线须,如西洋式大学生的制帽。

他尚能用英语谈话。他说他到过伦敦,且知道埃及是个古国。他说"世界上的文明,都从埃及产出的"。有人告他埃及应该独立，建设一个共和国。他答"埃及依旧有的；埃及是君主国，有埃及人的皇帝；英国人到埃及来，埃及人到英国去，正与英国人到法国，法国人到英国一样。俄罗斯是没有了，已经完结了：他们没有船经过这里了。日本国很强大，他经过这里的船一年二三十次"。又告他"我们很希望埃及恢复文明"。他答"谢谢，我也一样的希望中国"。

几人很愿等候开船，看运河口岸的景象，但夜寒促人欲睡，而未曾宣布何时开船，就相约一闻开船了就起来通知各人。

我于二时醒来，尚闻起重机与货物的击撞声，三时第二次醒来，已闻船与水的击撞声了。急起来至舱上一看，船在两岸间缓行，岸阔约十丈，水中不见波纹；船头上有发光很强的电灯，前后来往的船上也有的。船头上通风管后立一水手，头颈缩在肩下，颇似小城镇里冬夜的岗警。前面的船近来了，他就立出来叫喊。我遇见同他相像的岗警时，总感得很冷；现在也得同样的感觉。此后如何，情愿至明晨，再行追究了。

十四日六时，天尚未明，这可证此地此时的夜长于昼。寒冷润湿的空气，像用冰水洗面。船的右边，红光微吐，照得黑色无边的湖水呈露金波。

七时后，两岸广漠的黄沙，被青色的带束住，我们就在带上飞跑，可是又无力飞跑。

我们看到这样的黄沙，还要联想到古文明的渊源。至于看了发生喜悦，还有好奇的心理在内，未必全是因为人类祖先在这种境地生活之故。新奇之能使人注意，是很简单的理；倘有世界自来未有的景象发现，人必不因祖先没有见过而不加注意，反之，

惯居沙漠的人，见原野，未必不发生喜悦。况且人有自己在安乐中而喜看他人困苦的心理的。

一九二一，一，十四，在坡特赛得寄。

五

十四日十二时半至坡特赛得（Port-Said），这是八十七海里长的运河的北端。遥望河口长堤两条，伸入地中，雷绥（Ferdinand de Lesseps）铜像很高的直立西面堤上，面向东，左手拿地图下垂，右手斜指运河。

市街也以河的西面为盛。船离岸约三丈，乘划子渡到岸上去，每人需费二法郎。货物的市价也较别处贵得很多，疑是有意欺人。

船上来了一个卖新旧约书者，我以为他有回文的，视之，多为汉文的，因此又以为他是中国人，询之，则知他是开罗（Cairo）人，在此开店，售卖各种文字的新旧约，他多拿汉文的，大概是看见船中多有中国旅客之故。不久又有贩卖鸦片者，不知是否也为了看见中国人很多之故。或者他是个经验者。

来船上卖橙子烟卷的很多，颇似香港。更有携皮包的理发匠，形容与中国的一样，"肉盦谈话"中所谓西洋屠夫，与中国的一样的话，我在此得着相似的证明了。

晚上偶然发生一种感想：现在见到苏彝士运河是这样，雷绥铜像是这样的了，但以前在教坛上讲演时，心中何曾有这样的观念呵？

二十一时开船，此后行地中海了。

十五日海水平靖如一大圆镜，夜间可在水中看见星月。从月形里使我想到初离出发地在东海中时，现在是将到目的地了，而新月未弦的景象，已复旧观了。

夜中觉得骤冷，即起来取被，且为近旁幼年的唐君加覆毛毯。这时很足动我一个记忆。以前凡遇夜间骤冷或狂雨的时候，从睡眠中惊起，必跑入学生寝室为他们盖被，而且留心有雨水从屋瓦上漏下来否。他们中也有许多人不比我幼稚，被服盖得很好，且没有所谓惊起的。

路程单上所报告的纬度每日增高，而寒暑表上的水银柱却渐下降。自上海出发以来，大家喊着说"天气渐热了"，入红海以后，又说"天气渐冷了"，似乎为了求暖或避暑而来的样子。

上船以来，呼吸纯洁的大气，盥洗清澈含盐的海水，精神安得而不健康？远望海天——希望看见陆地时，更在能力以外的望出去——必于正在酝酿的近视病有益。但为时已一更寒暑了，又安得而不可惜呢？

十七日十七时，晚餐将毕，见窗外陆地很近，即往舱面视之，这就是意大利与西西利间的海峡了。初以为已于昨晚经过了，今尚得一见，更觉满意。

船行海峡间没有风浪。船向西行，见两面秀丽的山峰，积雪满山，就是西西利岛，但不见火山。两岸最近处约只距三五里。两边各有街市，灯光密布，如盛开金花的菜圃，远远的能认出街市的行列，平行的二十余条，更可与莱畦相当。我的旁边一人问我"这就是火山吗"？可见他的可以惊人了。这样的过了六处，船先往北折，后再向南，再入大海了。远闻气笛之声，见灯光成贯，沿水移动，知是火车过去了。

十九日船很动荡，浪花吹上船舱如下雷雨。大家睡在水床中，屡闻呕吐之声，波涛起伏，敲窗有声，使窗内时明时暗。间闻无聊的吟呻，如午后的炊烟，如晓后的爆竹。从这零落岑寂的声音中，有人叫"大哉此风也"！

二十日天未明，已闻搬行李的声音，且屡有人从舱外回来，报告："看见马赛的岸了！看见电灯光了！"人声更热闹了，却惊不破波涛怒吼中的黑暗。我在梦寐中得着种种感觉，不由得记起禹陵兰亭柯岩了——我在中小学校时，秋季必往禹陵兰亭等处旅行。今天早晨的感觉，与以前将要旅行的早晨相同，所以使我有这样的记忆。

十时，船停水中，远望寒山间的建筑颇密，但很是静默。据说十六时可到。

以前在学校时，凡遇大众无聊的时候，就发令全体唱歌。现在既无人发令，更恐没有半数以上的人能唱的歌，大家只得斜倚在已经束好的被包上，心中预想马赛巴黎，更因此而记起地理书中的图，或者回想上海香港，或者念及家乡，父母兄姊的面貌，——从眼底里过去。不久闻鼾声了，报告他早晨起来得太早了。

十六时下到马赛了，大家分组将行李搬下汽船，至公司齐集，由关税人员大略检验，运往火车站。巴黎华法教育会职员，三人引导大队至饭馆晚餐。

大家殊困饥渴，而教育会职员召集代表要各人预缴二百五十法郎作晚餐及招待费之处，于是百忙的去缴，二十一时了尚未得食。本拟二十三时，乘车直往巴黎，未知食后能赶到上车否。

一九二一，一，二十在马赛寄

细磨细琢的春台

那天晚间，我在屋旁散步，忽见地上满是梨子，而仰面见树上还是满生着，于是我摘了一个，取出袋中的小刀削皮；然而我又想起，这样自己摘了吃，究竟是不应该的，虽然男女房主都屡次与我说过：

"我们有梨，桃，李，苹果及胡桃等等，不久就成熟了，你都可以吃的。"然而这究竟未得允许，自己背地摘的。正在思想间，男房主R君提了篮走近来，我即告诉他，我正在吃梨，他说：

"这一株梨树不是好种，好的在那一边，你可以去摘的。"

他两手捧住树干尽力的摇动起来，梨子几十个在几秒钟内先后的掉下来了。他又说：

"倘若你喜欢，随便选择了吃好了。"他拾起其余地上的梨放入篮中，满篮的拿去喂猪去了。

另一天，我正坐在P君家的门前，小姑娘 Philipine 一手取一个带叶的苹果，一手取满握的李子走来。她远远的先苹果后李子一个一个的掷给我，有几次我接不住，但接纳在衣衫上，未曾落地，是无伤的。

P夫人给我几个苹果，她说："只有这一株苹果早熟，其余的还太早哩。这一种称为 Pomiou，这是 pomme du milieu d'aout

的简称。"按此即八月半的苹果之意正与我们称有一种早稻为"八月早",有一种白毛大豆为"八月白"者一样。

有几位我的朋友或者又要说:"我最不要看春台的细磨细琢的脾气了,他愿耗费时间,写这种吃果子的事。我们只要走到水果铺,便可寻到各种水果,要什么吃什么,很是平常的,我们何必耗费时间,写这种吃果子的事呢?或者他们又重复引了我的故事说,'春台老是细磨细琢的,他取了梨子必削皮,削皮之前还要擦刀,等他削好皮,他人已每人一个带皮吃完了。他还将梨切成薄片,结果各人再吃一片。'"

我确乎十分佩服他们大刀阔斧的长处,但我的细磨细琢的脾气,还是时常发现出来。

(选自《山野掇拾》)

我的寓所

P君又引我至寓所，女房主正在洒扫，地板上积着水痕与尘埃。我们坐下，女房主即取出酒来，说这是他自己浸的。

女房主约三十岁，但初见时竟如一个老妇。她的衣服灰黑而褴褛。我从前的观念，以为凡法国女子都著美丽颜色衣服的，这观念从此打破了，在乡间简直不见有颜色的衣服。

室内有铁灶两具，灶中是烧柴的，故烟管较大，穿上屋顶，天花板下的烟囱的外边围木框一圈，如中国的土灶，这种式样在里昂没有见过。木框旁置一小瓶，中插纸花。又有停滞不走的小时钟两具，所可借此以助室内之美观者，微细到几乎不可名言了。四壁幽黑，是年久陈旧，也是灶中余烟散而熏成的。壁上悬挂寒暑表与风雨表，都极简单。其下即为月份牌，是小镇的邮务与电报局的广告。此外又有三种不同的月份牌，其一是一幅小挂图，是农具公司的广告画，还是一九一三年的，其月份单的地位小到几乎不能寻见的了。其它两个都是信插，一是咖啡的广告，月份单还是一九一〇年的。女主人的兄弟是大战时战死的，以前也是住在此地的，这两个月份牌却得延续他们的生命，不如他那样的遭大战之劫。另一信插是小镇的杂货兼糖果铺的广告，其陈旧与其他两者相仿佛，但没有记年，不知其年岁。面上留着十一月与十二月两页尚未扯去。我不能解决这个问题，为什么他们仅仅保存这几个月份牌，为什么没有其他一九一一及一九一二等年的几个。这或者因为不美观——依他们的观察点以为不比这几个美观，所以淘汰去了，然而我不能解决这个问题。窗前海棠与雏菊各一盆，花头向着窗外的光线，有如饥渴。右边柜上花瓶中插一枝玉簪花，及野菜几叶，中间混入人工的布花一朵，颜色已褪至几不能见了。室内所可称为装饰者，如此而已。

上楼示我房间，大的木床上铺着线毯，他说这线毯是他自己手工新结成的。看他举止言语的粗鲁，不想到他能做偌大而且，细致的手工。他的夫是木工，故他们自己房中的大木床也是自己做的，雕刻也颇精致，据他说这是路易十五式。

（选自《山野掇拾》）

找寻画景

小姑娘Philipine，年约十二岁，在P夫人家说，他于下午要往Saint-Pierre村去。P夫人即说，"你陪伴孙先生同去，他要找寻画景，不认识路途，你以后凡要到别地方去，都告诉他！"

小姑娘是取阳伞去的，我问他是往亲戚家吗，他说不是。我说那么是朋友，他说也不是。这阳伞是交他修理的，一共有三把，还是许多日以前交他的。

他指示田中的麦说，今年的麦年成不好，这种麦种是很小的。后来走过一个小山顶，道路曲折，转过去，他又指示说，"这麦尚好，是我的姊丈的。我有两个姊姊，小的一个也已结婚了的，住在另一个村中，与此地也不甚远。"

远望路旁小屋一所，他说，"这就是修阳伞者的家了。倘你愿往 Saint-Pierre 去，你沿着这条大道，绕过几个大弯曲就是。望过去是很近的，但因为弯曲多，故还须走四基罗米突哩。我连这一把阳伞一共将要有四把，太累坠了。我在这里等候你；等你逛了那村回来时，我们一同回去。"我说："天气不很好，地又潮湿，我今天也不愿去了。我在这里等候你；等你取了阳伞回来时，我们一同回去。"

他并着两脚，由路上窜入低田中，经过麦田的阡陌，向红瓦的小屋走去。不久他回来，说，"三把阳伞都没有修好，因为他们在田中做工忙。"他抬头看天，又四边看山说，"倘你愿意，我陪你往那村去。"

在我们将到此地来的时候，房主们说那里有一个咖啡馆，从他们的言辞上，屡听得 Saint-Pierre 比 Loisieux 繁盛之意。及至那里，所有的也只是与 Loisieux 一样的村舍。所谓咖啡馆者，有一盆海棠花放在窗口，门前无车马，室内无人声。小姑娘说，"这就是所谓咖啡馆了，"语中颇有不满足之意。清静原是可爱的；但我们所常见的咖啡馆都是热闹的，所以对于清静的咖啡馆反觉以为可以轻视的样子；其实我平时何等的厌恶热闹的咖啡馆呵。

我们已无可浏览，故并不停足，即旋踵而回了；然而许多人所认为痛快的斩钉截铁的行为，在我是认为不痛快的。我可举一个例：我听人说，从前葛云飞将出征时，披甲胄骑马从其私宅（在绍兴城大路）出来，其胄略触门楣，他的年幼的女孩说，"爸爸！你的头……"他即下马杀死女孩。听这故事的人，总是哀怜这小女孩的；但其中多数人，一方哀怜这小女孩，一方却称叹葛将军之痛快。其实这种痛快，常为不痛快之源。故我常于犹豫中作考虑的机会。我在这静寂的村中，不敢立刻斩钉截铁的断定他于我毫无趣味。听小姑娘的意思，似乎也不愿骤然抛弃这村，他说，"我们游这村，难道没有一个纪念品吗？"我说，"有的！别的没有，石子（Pierre）是有的，我们拣几粒石子，就作游 Saint-Pierre 的纪念罢。"他又说，"那末，我们的石子也是圣石吗？"石子上沾着潮湿的泥沙，使我们的手也沾着泥沙了。然而附近不见有泉水，故希望走过去得水，可以洗濯。

微风几阵，云雾渐渐的沉下来，而山景渐渐的推远去，终而至于不见，只有云雾占领一切的空间。雨丝追赶似的直奔下来，顷刻间占领了全地面，其后来者重叠的落在他们之上，互相接触，发为气泡，不知是欢笑还是痛哭。我们各在阳伞之下，在恐怖困苦丛中，含蓄着勇敢而且和乐的心。小姑娘走在前面，从大伞之下屡次转过头来看我，说"呵，你全湿了！"我说，"不要紧的。母亲不在这里，没有人责骂我呵。"她举起小手，两粒小石，展在掌中，因雨水的冲洗，石与手上的泥沙早已涤净了，他说，"我们当初找水不着。现在自然的给我们洗涤了。"我看我手中的，也已洗涤清净了。

　　包围四周的云雾渐渐的显出破绽，刚才被云雾渐渐的推远的山景，隐约的又在远处了，不久且渐渐的走近来，将所有的云雾一挤而散，红日挂在空中了。

　　小姑娘要我将所取的纪念小石交给他。他取石与他的相并，合在两手中，摇动起来说，"Grelot...grelot...combien de pierre dans mon sabet?"他问有多少石子在他的木屐中（就是说手中），grelot 是铃，也是说石子击撞的声晋。猜中了他的石子全给我；猜不中，我给他多猜的或少猜的数目。

　　他教我此地的方言。我常乐意追想故乡；而对于他人的乡土，更有兴趣，故在这短的路程中，已学得他们的方言不少了。回到村中，不觉淋湿的衣服，已被日光蒸干了。我虽没有画一笔，画景却无数的如流的过去，流到不知在那里的大瀛海去了。

（选自《山野掇拾》）

猫山之民

猫山列在眼前，山脊平直有劲，即名之曰虎山，也不足形容其雄伟；上面绿树深沉，农田斑驳，又如独得天之厚。P君说，"在猫山高处的人，是与世无争的了，他们有麦，有山薯，可以自活，何必与人头打开呢？"

在物质文明的国中，也有世外桃源的山村如猫山者，而且也有赞美世外桃源的山村如P君者，这是我以前所未经料及的。前于七月二十一日在里昂参观市政厅，一位同行者指路中一位赶牛的人说："这一定是一个乡下人，可怜警察这样凶悍的对待他！"这乡人戴一黄旧的草帽，帽之大部戴在后脑，露出前额，与中国不惯戴西洋帽子者一样，手中是细枝的鞭，牛穿过人丛急忙似的走，他跟在后边追赶。他知道，倘若不紧紧的跟着，他便会失掉牛；或者牛闯了什么祸，他须受罚，便要失掉钱。我们可以说，这乡人或者也是猫山的住民；换言之，猫山的住民或者也常在城市中被人凶悍的对待。猫山之民未必与他社会没有关系，这不过是一个可然的设想；但在事实上，乡间的人确乎常常羡慕城市，讲述城市中电灯如何光明，电车如何迅速，而且渴望游逛城市。我可以说，人欲与世无争，在乡间确是比城市为宜，但在城市也仍可与世无争的。现在的城市中确是常见争夺的现象，但

争夺不是城市的要素，城市不必借争夺而成立；倘欲与世隔绝，就是在乡间，也是难能的。猫山之民不当兵吗？猫山之民不纳税吗？我知其必不可能。但猫山之民有麦有山薯，可以自活，不必与人头打开，这是我所相信的。在法国这样的人民不只猫山之民；除几个大城市外，多数也只是如中国人的自食其力，别无所求罢了。从这一点看来，我们可以说，法国的所谓学术昌明，也不过是几个学者支撑门面，以一部分人代表全体；从另一方面看来，我们又可以说，法国的国力，也不过是以一部分人驱使全国人民当兵纳税的结果。我们不必追问法国是以少数学者为多数国民增光呢，还是以多数国民豢养少数官僚；但我们可以相信，在这一点上，法国还没有比中国先进的多，中国人可以不必自馁！

（选自《山野掇拾》）

"你在中国也常常这样的游逛高山的吗？"

P君夫妇及女儿同来约我入山中游逛；我换上工衣，与他们同行。我们经过小路，渐渐往岩石的斜坡上去，又屈身穿过丛林，见一片草地，旁有孤立的旧屋一所，即P夫人产生之地，大家眷顾一回，各呈愉快颜色，盖屋虽陈旧无生气，而我们却都是新鲜活泼的。

再行入短林中，见三三尺高的刺花丛上满缀鲜红的果实，就是Flamboise。我很年幼时曾在晒谷场中见之，通常名之为个个红。P夫人携一只藤筐，中藏大小铁罐三个，于是分给各人，以备各人放置所采的个个红之用，但我们也随采随吃，吃的比留在罐中的更多。P夫人再三的对我说："吃呀，不要只是放在罐中呀！拿回去也反直是吃的。"以后渐行渐不见路径，只是丛树荆棘中穿过去跨过去罢了。我探首从丛林的顶上望见峻削的岩石及青色的远山，心为一惊，盖入山以来，包围在丛林中，不见远物；豁然开朗，实令人胸怀一变，我不禁惊奇的喊出来了。P夫人说，"孙先生！这里是禁止眺望的；再走些远去，才准你看。哈哈。"再走远去，便是山顶的他边了，我们立在危崖边，女子都牵住男子的衣角，怕男子掉下岩石去，而他们自己都脚踏实

地的立在离岩岸很远之处。他们自幼至今,听到无数的从岩石上掉死或由别的危险而死的消息,他们都记着,不如男子的健忘,所以他们不敢冒险,或者他们也知道这并不是如此危险,然而冒险而得成功,总不如谨慎而不致失败之有把握,所以他们不愿冒险。他们的不敢冒险与不愿冒险都是他们的长处,这是跟了他们的短处怯懦相并发生的。他们并不禁阻男子的走近岩边眺望,却牵住男子的衣角以防危险,既不以自己的范型强制他人,也不因他人而盲目的牺牲自己,这就是我所常见的女性之美。我曾闻有一中国男子引其夫人上电气升降机,毫不告以升降机的性质;及机骤升,女子惊惧,男子便从容的说,"你平日不肯服从我,今天给你吃点苦"。我倘以此为男性的代表与女性比较,男女性相差何等的远呵。倘男子因女子牵他的衣角而恼怒,这是他只有自己而没有他人;倘因女子怕他掉下去而从此不敢冒险了,这是只有他人而没有自己。多数男子常有这两种短处之一。但男子之有短处,也因女子的同样的短处而发生影响。例如,女子以自己的怯懦,母强其子,妻强其夫服从,倘男子胜,则养成男子的只有自己而没有他人;女子胜,则养成男子的只有他人而没有自己。我不希望只有男性或只有女性的社会。

　　P夫人问我说:"孙先生,画家,你看看,风景如何呀?"远望一片平地,愈远愈青而愈漂渺,峰谷只如微波的起伏罢了,罗纳河由东北蜿蜒奔赴西南。我在此地看罗纳河,当他经过里昂时,当能报告这消息于我的教师朋友;然而我除欲借罗纳河寄赠这相思的热情以外,也想不出别的委托。

　　此后,我们又转向高山,攀登危岩,树枝横卧地上,丽丽——同去的小狗，不能走了，故由P夫人抱着。五月花满生岩石间，虽不在开花时期，但我犹觉其浓郁之香触动脸上，又联想以前寄母亲及二哥的五月花，当早已收到，而且不久就当有回信了。

我们愈走而山岩愈艰险，P君说："女子真不会领路，使我们迷失，让我来领路罢。"说罢更登岩而上，我心意中也以此为然，我们只求越过山顶，自能回到山的他面，所以我也跟着他攀上去；但P夫人知道方向不对，不如回下山为妥。P君住这村中只四年，故凡谈论关于此乡情形，不偏执己见；初到此乡的我，自然更不必说了，故我与P君又回下岩石，随P夫人之后。P夫人说："我们早点回去，孙先生的房主等他吃饭的。"后见猫牙峰，他又说，"现在还不迟，猫牙峰全照在日光中时是一点钟，现在还有这样一块黑影，当是正午稍过。"在法国，每年于春季改早时钟一小时，及秋季再行改迟，以利工作，盖冬季天明甚迟，寒凉黑暗的早晨不能作工，倘改变工作的时刻，不如改变时钟较为简单。然而在这小村中的时钟是不改的，故他们说："我们的时钟，是以日光为标准的。"于是猫牙峰上的黑影，永远的可供他们作为时钟的标准。

归途中他们父母女儿三人合唱，我不能和。他们问我逛得快乐否，可惜我不能将我的快乐尽情说出。我是从有高山的国中来的，生长的地方，也离山不远，我很惭愧，恕我实说，我从未曾登山如此高，入山如此深。暑假前与同学野游，B君问我："你在中国也常常与男女同学这样的游逛的吗？"我心中明知是很不常有的，但我因为在此这样的游逛，相约在野外写生，已成了习惯了，这样游逛，当是极平常的事，故含糊的答说："有的，但也不常有。"其实我在中国可指为与男女同学这样的游逛者，竟没有一次；倘P君等欲问我"你在中国也常常这样的游逛高山的吗？"那我可不敢含糊的回答说"有的"了。

（选自《山野掇拾》）

扣动心弦深处

我看定欲画的景物，展开三脚凳，坐在岩石的影中，然而苎麻样子的 Ortie 刺我的手，微痛而痒，逼我迁移地位——但只要他不再刺我，我也不想迁移了。我想：吃饭的时间，不论迟早，总得消费的，于是先吃饭，牛肉一块，鸡子两个，盐一撮，从三个小纸包里取出来，这都是R夫人早晨为我预备的。一面看景物，一面吃饭，吃饱之后，面包尚余三分之二，牛肉也还有得多，这是他再三的劝我多带的，而且本来还想给我一瓶酒，放在一只藤筐中，幸而P夫人等曾再三勉强的给我苹果香蕉各一个，此时得以解渴。

我忘记留意，又触 Ortie 几次；我想：作画的时候，必将忘记留意他，不知还要触他几次哩，不如迁避为是。于是对画景略略走近，放画架及凳于路旁，而画景已经看熟，可以开始作画了。当初屡次不安，因为T夫人在自动车中经过时没有叫他；但拿起画笔以后，也渐渐的忘记了。

曲折起伏的山径，夹在岩壁间，从十分静寂中表示严肃。太阳由左边的岩顶上透射而下，使岩石，矮树，山径以至于石隙间的苔藓，都融成一气；但一样的照临，各样的吸收，各不失其所有的高下，曲直，远近，精粗，新旧，浅满，清浊，刚柔，肥

瘦，冷暖，动静，敏顽与哀乐等等的本色——这是画家所当知道的，因为他们本身原来各是画家呢。

被美景所吸引来的游人的步声，自远而近，扣动心弦深处；倘若听到这音乐的人是真的美术家，他的纸上当已留着这真的乐谱与歌曲了。

一位年老的女子走近来看画，并问我说：

"先生，你是日本人吗？"

"我是从北京来的。"

"那末你将拿这画到北京去展览的。啊，我很知道，中国的艺术是很美丽的。"

（选自《山野掇拾》）

野花香醉后

六句钟起身，见光度很强，由窗外反射而入室内。这光度虽强，但光色不红，知不是晴天的红日；故我想，或者昨夜下了雪；然而，这里虽较冷，想总不会在八月间下雪的。因为急欲解决这个疑问，故我刚才所述的一番观察与思考的功夫只费了几秒钟；而且并不能说：我为了想解决这个疑问，费了几秒钟，因为我一边正在这样的观察与思考，一边却在披衣，倘若我不这样的观察与思考，这几秒钟原要消费在披衣上的。到了观察与思考的最后一秒钟，衣服也已经披上了，于是我忙着揭开窗帘，果然，一望皆白如大雪之后，非但填平高低，而且接连天地。这是朦胧的重雾。

我醉了酒似的，仿佛是有翼的鸟，灌了气的皮球似的，仿佛是有鳔的鱼，因为是酣醉，所以看了室内的错杂的东西，模糊不清的不在眼中，因为是皮球，所以接触物体便发生高亢的弹力，肩着画具，不知道重。踏在带露的草上，不知道湿，我被包围在隔着白雾的万绿丛中作画，头脑还是渐渐的扩大而且飘舞，胸腔和谐的起伏，为吟咏"呼吸自然的香美"的歌曲拍节。

这时云雾捣成碎片，如流水上的落花与浮萍，落花被流水所爱，牵了手去了，浮萍打着回旋等候流水们送来的知己；山峰最

喜欢儿嬉，忽高忽低，忽左忽右，与白云追赶或者逃避，有时躲在很远的地方，然而不久又回到我的眼前了；风似乎是妒忌，然而仍是高兴似的，赶跑了云的群众，他们渐渐的退下去，虽然没有抵抗，却已变了脸色，然而新的群众又补充了这个社会；只有树是不怕什么威风的，它摇摇摆摆，嘻嘻哈哈的做出许多讥讽的样子，他决不肯退让，然而他究竟暗中吃苦，洒洒的落泪；也许有两个小虫，为了要吃一个更小的虫的权利问题，正在争闹，适巧，因为抵抗威风而自己吃苦的树的一滴暗泪，掉在这三个小虫之上，三个虫都夹泥带水的挣扎，而且同声的说：

"谁吃了饱饭，这样高兴，用了唾沫来沉溺我！"

小虫曾受了其余两个的爪牙的伤害，已不能支持了，狠狠的说：

"死了他们两个岂不很好！"

于是先死了，他们两呢，相互的说：

"倘若没有你，我早已吃过小虫了！"

于是两个同时也死了。这社会中的事情，必比我所见闻的想象的繁复到无量数倍，然而我没有到他们的民间去，所知道的，只是浮泛的几件罢了。他们的这番变幻，大概都是瞒了太阳做的；等太阳开了眼，在云缝中一窥，大家都胀红了脸，羞耻的微笑了。我想画这个社会的变幻现象，就是不到民间去，只就浮泛的而论，画一千幅也还不足，倘用快照，照一万片也还是不能尽，我的区区一幅画算得什么呢！吾友V君常宣传他在杂志上发表的文章之一篇中的主张，劝人对电影作漫画，为描写社会的动象者的一个进阶，他以为电影虽只是单片的集合体，但两单片之间各有动象，然而在作画的时节，比真的活的动象容易画得多了。我于很赞成他的这等活的教授法之后，或者可以借口于他的话，说：我的画中是包含无数动象的，算是我只以一幅画表现这样变幻的社会的解辩。

飞也似的到了数十丈路远之处，蹲在大路旁的沟中，画那隔了白杨的村舍，参差的红的屋顶，在果树丛中，因雾的流动而出没，如月下看红花，风吹花动，如池中看金鱼，水波成纹。最醉人的是眼前的黄白野花，他们不示人以瓣萼的形状，只是忽聚忽散的无数细点，他们不如香水的揭开瓶盖必发香气，只是若有若无的略可捉摸，我总怀疑，这或者是在梦中，否则何以让我独醉在这样的连幻想中都未曾有过的香甜乡中呢？我虽然知道我是醉了，而且是在梦中，然而觉得心境反清快多了，于是名这画为"野花香醉后，提笔心更清"。

第三张是进村中画村外刚才作画之地了，走到这里，才知道刚才那里并不是梦，要到这里才是做梦哩——然而我或者真的是在梦中，我分别不清楚了，倘若这里的不是梦，那末那里的当是梦了。小孩们围绕在我的身边较远之处，其中一个是挂着鼻涕的男孩，一个是以右手的食指放在唇边的女孩，小孩的圈子以外是山羊，更远是母牛，我在这围阵中作画。小孩们的母亲们来叫唤他们的小孩，在小孩们的流连中，他们也迟疑了。其中的一位是颇认识我的，他问我：

"孙先生，你在礼拜日也作工吗？"

"是的，因为雾未必肯等我到礼拜一呢！"我说。

在他的旁边，发出另一个女子的声音，然而我未曾抬起头来

看他究竟是怎样的一个人，他很轻的说：

"他大概不信宗教的，所以星期日还是作工的。"

云雾忽然的远去了，我追赶至山崖，尽我的目力，送它到天边——这又是一个海天远别！天际有黄有红，是黄海，是红海；山峰浮出雾上，是海中的小岛。一样景象，一样相思！山与树经雾的洗刷而更清，他已一扫尘浊而去了。小镇的瓦屋及白杨，参差而却有行列，不如地图的块红块绿，然而是变化有致，不如军队的一纵一横，然而是自成条理，这或者就是艺术家所找的原则，所以名为活泼，名为调和，名为生命，或名为灵魂者是也。

回到寓所，还不过午间，R夫人正在预备午餐，因为这是礼拜日，所以食品很丰。大家看画，似乎都说我可享此盛餐而无愧了。

我想：半天功夫画四幅，一天画八幅，十天八十幅……倘若从初作画起，就这样肯画，到现在，不知有若干幅了！

我口在吃，又在说，但心还是醉在梦中，忽聚忽散的细花，忽有忽无的微香，在云雾中飘动，我愿永远的醉在这个梦中！

（选自《山野掇拾》）

我纪念我的姑母和父亲

从P夫人家回来，展开他为我洗濯的一包衣服，使我大大的感动。四块手帕，变成雪白全新的了，折叠又很整齐，所有微微破烂之处都用细线织补好了；线袜也都补好，每一双一套，新的还没有这样的可爱；更可爱的是裤子，裤脚的折痕烙得很平直，裤脚口上被皮鞋磨擦破烂之处已不见了，他已用线很精致的沿边缝上一圈了，从此又引起我的赞美女性了。

倘有人知道，或者要说我的咒诅女子与赞美女子，无非是做论的一抑一扬的老章法。其实我是从来赞美女性的，但我对于以女子而没有女性之美，反兼有男子的鲁莽，缺乏同情等等之短者，这是我所不以为然的。

我纪念我的姑母和父亲了。

认识我的姑母的人都十分羡慕他的针线功夫，我在那时虽然还只是一个小孩，——比现在还要小得多，——但也知道他做来的衣服的颜色和剪裁之称心。他不但在针线上用功夫，他在一切事务上都表现他的女性之美。我们兄弟都自幼受他的慈惠，我们在产生以前就受他的慈惠了，——所以可以说他也有我们的母亲的功劳，——他每于我们产生以前给白铜大钱一千，这是他在平日选择而积储起来的，串在红线上，结上许多象征福寿的结。

此后，满月的帽，周岁的鞋，上学的书包都是精致的绣花的。平日，穿的，丝棉袄，布底鞋；吃的，供神过的水果馒头，他人喜事送来的红鸭子，常常封在包裹中从四十里外的乡下寄来。包裹上总是红纸的封面，表明这是吉利的；好不容易的拆开她坚固的缝线，见有红线在衣角上相互的缝缀起来，以防松散，衣袋中常有所谓长生果等，以祈我们的长寿，而且使小孩高兴。她决不让人看见空袋，使人联想到失望空虚等等之感。有时在信中写明，这水果是供过文昌帝君的，须个个小孩都吃到，将来读书一样的聪明；倘是红鸭子，则说这是某家的喜事，小孩们吃了可以像他们的昌盛。母亲拆开他寄来的包裹或圆篮时，总说：

"姑太太真细心，他无微不至的爱你们。有的父母爱子女还没有这样呢！"

姑母与舅父等常讲我的父亲从小就是很细致的。他也常以细致的功夫训练我。有一位朱先生从山中得到一株桂花，来送父亲，这桂花是通年开花的，而且常有许多重瓣的。当他盛开的时候，父亲抱了五弟在院子中说：

"我们来数桂花，一共有几朵是重瓣的！"来数的只有父亲与我，而我所得的结果竟能与他的相符，他颇高兴。又常有不甚重要的物品，交我保存，说要用的时候要问我取的。他在乌石荒圩采取来的插枝的红蔷薇第一朵开花的时候，他捧了花盆放在正屋左边最近的茶几上，用一条竹枝的叉，支持在花朵之下，他的一举一动如此细致，很引起我的兴味，想去模仿的做，然而他没有叫我做，只让我仔细的看。他说：

"我看了这朵花如有一个女孩的高兴！"

我听了这话,当然听不出什么意思,他对我一看,又加以注脚说:

"我没有女儿,没有人见气的。"从此之后,我知道一句话中除字面上的意思之外,还有别的话在这里边,只听字面,还远不能听懂说话者的意思哩。后来凡有人向他求插枝,他必说这只要问我来取好了,因为我的插枝总是活的。我当时很高兴,现在想起来,只是他的训练方法中的奖励法罢了。他专加这种训练于我,不加于别的兄弟;然而"日暮诗成天又雪"之诗如何美妙,他是专解释给我的二哥听,并不对我讲的。

我纪念我的姑母和父亲,他们以细磨细琢的功夫传授给我,然而我远不如他们了。

(选自《山野掇拾》)

大西洋之滨

一

狮有四条腿，攀到岩石的顶上，伸头出树梢，探望群兽的踪迹，有时跳到深谷中，痛饮瀑布根处清凉的泉水；鹤有两条腿，涉过沙滩浮在波涛中洗澡，又有两只翼，飞上云霄长啸震天地；就是被人驯养的鸡鸭，牢笼了一天，在晚上被放出来时，还知纪念他们已失的本能，提起两足，鼓动两翼，飞上石阶或篱笆；生在水中的鱼，也长许多鳍，龙门之水往下流，他却逆水向上游，他们渡过太平洋，从亚洲游到美洲，又渡过大西洋，从美洲游到欧洲；萤是小虫了，然而也知道可惜时间，携灯夜游；就是些小的蜉蝣，也知利用顷刻的生命，作几度岸边与水面间的飞舞，我的肢体之不如虫鱼鸟兽，还不是我个人的过失；我的肢体之渐趋于懈怠，实在是我的大耻辱！

二

凡是船，不论有无惊涛怒浪，都要开放出去，倘若他想安静些，怕颠覆，或怕打动如镜的水面，水便要迫他生绿苔如人之被迫而生胡须。世间没有所谓安静的存在，即使你宣言你是睡眠了，你就会遇见梦的惊扰，即使你宣言你是死亡了，你就会遇见豺狼蝇虻，你怕走在车前，被车马追逐，但当走在他的后面时，你就一口一口的吃他簸扬起来的尘沙。循规蹈矩的日月，屡次屡次的被黑云蒙蔽；倒不如彗星，也常有用尖利的光芒射进人的眼睛去的机会。倘若是一条箭，虽然没有人放他在弓弦上，也该出发去找他的靶子，倘若是一时风筝，没有飞起来，那里能够知道风之东或西，我跳起来虽然我的四肢无力，我飞起来，虽然我没有翼，我该去认识我所不认识的事物！

三

　　出火车站的门口，仰头见 La Rochlle 的朝晨的天，在十五小时火车中的颠簸与夜行的沉闷以后，骤然得之，如大暑中之得冰了。天高而青，罩在港边无数的帆樯之上；汽船的烟囱旁，缓缓的蒸起水气，上升而与桃红的花瓣似的彩霞相接。船中的渔人取下晾在桅杆上已经干燥的青色细网，换上橙红的布帆，他们就要乘这和风，在这样壮丽的晨光中出发了。中年的妇女，面是淡红褐色的，表现在日光下生活的成绩，推着手车叫卖，柔和的高唱"啊鲜鱼"——他们绝不说谎，车中身体扁平而两只眼睛同在一面的比目鱼，与身阔而尾细的，或身如圆筒而尾阔的等等我不知道名字的鱼，都是很新鲜的。卖渔具的店铺门口，斜挂着钓竿，在垂丝的下端，系着纸的鱼，乘微风而飘荡，当我经过时，几乎接触我的帽顶。玻璃窗里边，挂着彩色的广告，又惊又喜的渔人，举竿得大鱼，鱼重不能举，非但渔人身屈如老虾，他一手攀树枝，树干也成弓形了。我们不能断定说，渔人将得鱼，或者鱼将得渔人。上面写着一行字，是鱼说的意思："老先生，我将要吃你！啊，我吃了一个钩！！"

四

走进旅馆的食堂，满眼的不认识的面庞，然而他们之于我，想必更生疏了。一个中年妇女举起酒杯正要喝，远远地转过眼睛来看我，前面的男子，举刀伸入盘子去，却又仰头对我了，我虽然心中很坦白，然而总觉有点不自然。第一个菜便是蟹，接着又是蛤与虾，这却都是我所自幼认识的。然而真也久别了。我很知道吃蟹的方法：先揭开上面红色的一个背，再揭贴着淡黄色的腹——我们称他为脐的——两手分握两边的蟹脚，用劲折断为两部，蟹黄平分在两边的顶上；淡灰色的是蟹腮，是不能吃的，预先须去掉，我远望他们吃蟹都不如我的顺手，他们是从别地方来的，但不是如我的在海边生长的。母亲最会剥虾了——到了现在还没有忘记——母亲预先告诉我：小虾一口吃一只，大虾一只"沽"两口。忽然橐的一声掉在我面前，是一盘烤牛肉，这有些奇怪；然而这是女工拿来的，母亲并不在我的旁边！

五

太阳赶了一天的长路，偷偷地沉到大西洋中去洗澡；小鸟怕寂寞，乱箭似的飞着起忙头。我是无用者，但也跟着他们走，走到陆地的尽头。青天的底下，鳞云布着阵，要想阻挡太阳的去路；潮头卷上陆地来，欲求人们的援助。人们拥挤着，似乎正在纷纷的议论；然而没的事，各人自有各人的混沌。沙滩的上面，满布无数的小幕，有的坐在幕的周围，似乎正在看守他们割据的地盘。水上露出许多头，带着狂笑而浮动。其中一半是女子，还是个个满面的脂粉；帽是橡皮的，然而还是结着许多彩色的花或须，蝴蝶在他们头上依依的飞舞，羡慕他们的温柔的海水浴，我与蝴蝶一样的羡慕，要想跳到水里去，然而我知道我的笨重的两足——蝴蝶有四翼，忽浮忽沉的在温柔的日光中沐浴，我想跟他们浮动，我却只有笨重的两足。我曾暗暗轻视蝴蝶与女子们的修饰；今天才知道，我还比他们文弱得多哩。从水中出来，跑到布幕中，或者就坐在温暖的沙上休息，裸露的四肢，早已染足日光的颜色；身上只有短小的浴衣，男的是黑的，女的也多彩色的，两三相伴的谈笑或散步。卖报的小孩飞跑的过来，叫着说五点钟的巴黎晨报已到了；有人买一份，面上的插图就叫海边旅行的快活，接着看附张，叙述阿尔卑斯山中雪山的景物，而且现在新有了马路，自动车一直可以到山麓的小村；以下另有几首诗，说的是爱情的甜美，上帝付与无论什么人。三岁的小孩，也伸脚水中去，很短的裤脚，还要卷高去，忽然一阵浪，打湿到腰头，他就带笑的逃到沙滩上。许多小孩虽然不游水，也穿着浴衣，黝黑的手臂，拿了掘蛤的铲去掘地，或拿了捞虾的网去捞水，如有蛤可掘或有虾可捞的样子。有的以水和沙土，捏成各种形体，说是开糕饼店。有的掘土成沟，引水入内，说是匚运河。他们从这边到那边，总是跳或跑，因为他们可惜他们有用的时间。年长的妇人在幕中或日光下结冬日用的毛线手套，表示他们的预备周到，结不到三针，又与人讲话；"夫人去年在那里过夏？""我们在南方，蔚蓝的天与海，实在可爱啊！""你爱这里吗？""我也很

喜欢，不过这里的蚌壳不及那边多。"他们天天这里来，天天这样说，天天这样做。我很同情于他们的快乐，然而我们都知道，还有许多人，用了热汗与辛酸，在苦海中与他们一样的洗澡。

有时刮大风，浪涛直跳到岸上，水仍流下去，逞着勇气跳上来的海藻，搁在岸上不动了。小孩走过时，故意走近岸边去，欲使浪花溅些在身上，无意中踏着了海藻，几乎滑跌了。两个壮男子浸在波涛中竞赛游泳术，有时浪花高泼过他们的头。许多人在岸上绕过港湾追随着叫喊，游到他岸以手揉面急促的呼吸。胜负两者都得爱人的怜惜。人类真聪明，会借天的力，微风中吹笛，借风送到爱人耳，暴风中游泳，借风鼓浪卷入爱人心。就是从这个大西洋，英国人屡次侵入法国，就是从这个大西洋，法国人渡到新大陆，享受哥仑布发明后的利益。到现在我也在这个大西洋之滨了，口渴的时节，俯头喝海水，气闷的时节，仰头吸海风，啊，大西洋之滨。

六

沿这海岸过去不很远，满田是紫花，虽然人类还没有能力给他一个名字，但走过的人总伸手采他一束，道路的旁边，已经很疏了，茂密的是在人们的手里与各人房间的花瓶里，然而田中人迹未曾走到的地方，更是茂密哩。自然分布得很巧妙，凡见游人来，总有新鲜的赠品，不让他们空手的回去。走到渔船边，看见渔人捉来的青鱼，天青的背，银白的腹，他们知道与海天相调和用了海天的颜色。山岩的旁边，常见就是这岩石的碎块堆垒成的石屋，芦苇的中间，常见就是这芦苇的枯秆遮盖成的茅屋，这是调和，这是美；渔船中用蚌壳盛水，田村中多用瓠瓢，这是自然的分配。人类学了一点来，用了绿色的网在绿水中捕鱼，用了灯火在田中捕爱火光的虫。

七

太阳已下去了，树林，帆樯与屋宇都与天同时渐渐的黑暗起来，然而灯火与星却同时渐渐的光明起来了。港水很平静，加倍了灯与星的数目。港边咖啡店门口的乐队开始演奏了，人们缓缓的走近去，街间与室内的坐位几乎没有空位了，立着的远比坐的多。小孩与女子，立在较近处，外边是较高的男子——怕得遮断他人的视线，所以不便走近去——携狗或携自行车者更围在外边，拉提琴者左手的手指在弦上如火焰的窜动，店伙如蜂蝶的在花间穿渡，步履举动都合音乐的节奏，或者要疑惑他们衣服的振动，演奏成音乐。十分圆满的月亮，轻步在帆樯后面升起来，听到帆樯这边的音乐，如听帘外枝头的好音，然而大众都没有见到他。恰到最好处，乐师停下手，几秒钟的完全肃静后，继以一阵雷雨一般的掌声，红白蓝（法国国旗色）三种电灯的光下，照着千人如出一个模型的微笑。狗也高兴起来了，举起两只长足如拍掌，扑到别一只狗上，他也照样扑过来，忽然扑到女子的裙边，女子惊慌转过头来看，一见只是狗，连忙回过头去继续他所未完成的微笑。我很宝贵他们的微笑；我可以断定，我们必定见不到这样的微笑，倘若这是十三十四世纪，英国的炮弹在空中飞射，倘若这是一八七〇年的巴黎凯旋门下只见普鲁士军队，倘若这是现在的罗尔，只见外国的国旗飘。

八

　　礼拜六的朝晨，市场中远比平日热闹，海产不必说了，又大又新鲜，所有旅客们所未曾见过的形形色色的鱼虾蚌蛤都展览着，水果菜蔬比别处所见的加倍的大，于是大家赞赏着而且各种购买些。回到旅馆食堂中，例菜之外，加菜三四种，这就是市场中所陈列的，现在烹调了陈列在盘碗中了。于是大家从赞美形色进而赞美滋味了。过了一回，两两三三进来许多新客人，有的歪戴了帽子，有的穿着齷齪的工衣，然而一样的有古铜色的面庞与粗笨的两手。窗口的两位一桌四位一桌较清静的座位，早已被住在旅馆中的人们坐满了——我是其中的一人——只有中间大桌边，还留着几个空位，等到只留两个空位时，女工小声止住他们说，这已有人的，只得引到间壁不很整洁的一间了去。他们高声谈论今天的市价，谁比谁卖得更便宜；今年晴天多，葡萄收成必定不坏了。他们住在附近的乡间，每礼拜六来城市卖货，他们载货的马车接连排列在门口的街上；马头套在布袋中，隔着布袋微微的活动，可以想见他的上下颚正在研磨袋中的麦秆与大麦。他们急忙吃完就走了——他们吃的多是他们自己送来的东西。马蹄得得的远去，旅馆女主人轻轻的抱歉的对我们说："要你们久等了，他们是不能久等的；倘若得罪了他们，他们要不来，冬日是全靠他们的生意的。"我很能想象：在我未到此地时，我所坐的位置上，坐着古铜色面庞与笨重两手的他们中的一位，等我走过后，他又将坐在这里了。

九

我很爱看海,但也爱看街上的水潭,水潭之大不如手掌,然而他是海洋的一部分。大风起来时,水潭起微波,在这波纹里,看见渔舟一高一低的颠簸,几个男子张网牵帆或转舵,就是在家操手怅望着的妇女们的父亲、丈夫或儿子。然而我比妇女们所见的更远,我比妇女们所见的更多:就是这个风,吹动风车磨麦粉;就是这个风,为了未婚情人送密语;就是这个风,奔逐大戈壁的沙石,掩没行旅者与骆驼的队伍,夹着骆驼囊中的水与行旅者囊中的粮食;就是这个风,击撞中国深宫中檐马,荡摇思妇心,滴滴冷泪声与铃相应;就是这个风,飞到喜马拉雅山之顶,大雪阵阵飘,长夜漫漫只有猿猴断续的悲鸣。我的两眼虽朦胧,我的两耳虽昏聩,然而我只有两只无力的手,不能遮掩了我的两耳与两眼完全不闻又不见。

十

这小城之所以能这样的受游人注意者,在于他有许多的古迹,三个壮丽的古塔,十三十四世纪时创造的,屹立在港口;一个大钟楼,十五世纪时创造的,跨在热闹的市上;一个市政厅,一二八九年创造的,一五四四年间重建的,留着雕纹剥落的石墙与石柱;一条市中的街道,多是十五世纪的古屋,有的墙头刻着奇怪的面貌,有的檐头是罗马式石刻兽类的水溜,还有许多许多的古屋,都有木柱露出在墙外,用着薄片的泥板石,钉在木柱上,以防风雨的侵蚀,此地有名的市长 Jean Guiton(1585—

1654）的故居，也是其中的一所，还有许多浅雕的石板，嵌在墙壁上，刻的是一人牵羊，向着太阳走，或是一只船，张帆浮在波涛上，上面都有多数人所不认识了的几个拉丁文；其余散见各处的门墙，窗户，栏杆与公共的石泉的雕刻，还有许多。这都是游人所乐于研究而赞叹而依恋顾盼的。然而 La Rochllee 的居民之可钦佩，不只因为他们能保存古迹，却在于他们能保存古迹而又能建设新事业，市政厅的石墙石柱虽剥落，但另有新建的厅堂、壁画，雕刻与装饰，都是当代的，古屋的上面，添筑了新楼，Guiton 的故居的下面，也开着店铺，新的不害旧，也不因为与旧的并存而不新，女子头上都戴着白布上用细线结花的薄帽，这既不为御风雨，也不便遮太阳，只是古时风俗沿用下来的罢了。然而各人的帽子没有相同的，各人各出心裁，加了许多的进步，独立的成了艺术的一部分，古的仍然有的，分别了时代与地域，陈列在博物馆中；戴在各人头上的，却都是新的。中国也很有好古的，然而他们绝对相信儿子必定不如父，将来孙儿尤不如，一株枯树之可贵，并不在于年龄古，尤其在于他是枯，倘有一株更古的活树，或者这株枯树重生了新枝，那都不是可贵的。现在中国革新了，不论荣与枯，先将大树都砍倒，远远迁了种予来，再重新种过。因为要做白话文，便把所有"之"字都改"的"，因为要容纳欧化，吃饭便该说吃面包。听说现在又反了，大树根里又重生了新枝，不久要比新苗高大了，于是两方都起劲，争说自己是新的，又说自己是古的。可怜的我们，不会做面包，又忘了煮饭，只得空着肚子等候；汽船没有泊拢来，摇船已经沉在海底里，只得立在岸边怅望；想听他人所说的，我们听不懂，想讲自己所有的，我们说不出，怜无可怜的我们！一个欧洲的小姑娘，他曾经结过发辫，或者正结着，拿了人种图中有发辫的中国人，对我们讥笑，我实在想声辩：中国人向来没有发辫的；二百多年前，一部分人主张的，命令剃头匠都带了大刀，不留发辫的都不留性命；到了后来，又有人主张，命令警察都带了剪子，凡有发辫都须剪，一个也不留；虽然我不敢说以后决不致再有，然而没有发辫的也已有十二年了，姑娘知道吗？然而我哑了，一点说不出，要想说别的，我又不知道，我不得不然的忍着了。我梦想着：真理绝对的存在，不必去争辩，倘真正是国粹，何必急急去保存；然而我又不能安慰了，我曾见就是这里的博物馆中有古漆的板对的一只，上面的金字是"四壁山河杜甫诗"，旁边就有一双红缎小脚鞋，同放在日本货物的柜中。况且，中国地潮湿，不如埃及印度之有许多古冢佛经可供后人之发掘——大家都知道，倘若古时也如现在的有博物馆，现在还有什么发掘的必要，发掘只是现在的行为，博物馆中也收藏现在的东西，我们何必等待将来被人来发掘。知道兼包并蓄的不是我们中国人！怜无可怜的我们，要说祖先的能干，不知叙述祖先的事迹，却叹儿孙之无能；要试儿孙的本领，不教儿孙建新屋，却去拆毁祖先的茅庐；引了鸡犬学游泳，好比引了鸡犬同学飞；我愿老树落叶培新苗，我愿新苗长成接枝老树上，各自生长同在一园中，可怜的我们！

十一

早餐的时候，觉得有点发冷，大概是窗口有风的缘故，只望立刻吃完就走开。不幸的，坐在同桌的朋友随便的问我："在

中国法国的教士做了许多的事业吧？""……我……不大有得听到。""这真奇怪了！我们常听到，他们送贫苦的中国小孩吃、穿，还送他们入学去，大家都这样说，还在电影中看见！"

我无意这事的辩论，而且身体愈加发冷了。女工送来白菊花茶，饮过以后，觉得微汗；我不想去午餐，而且相信还以不吃为是，故即去就寝。昏昏的睡去，醒来已在二时下了。身体渐渐的热过来，而且发汗，但颇头晕，于是又昏昏睡去了。四时下再醒来，斜阳返照到窗上，染得全室通红，我闭起眼睛，就看见人们在金色的软浪中游泳，鸟们在金色的树枝上歌唱，萤们预备了灯笼，继续太阳之不足，然而这等事于我有什么相干呢。炒葱的气味，一阵一次惊醒我的梦，厨工正在做晚餐，然而我不想吃，要吃也不能吃葱。腹中又觉有点痛，那么是肠伤寒了，去年姚君在旅行中得了这病死的，正是现在的时节。大风终夜撼动着房屋，大雨忽然又到来，打得玻璃窗上历历响，好在我不想睡觉，不怕被风雨惊扰。那天同桌晚餐的一位夫人说，风是催眠的，睡眠不安的，到了海边都能安睡了。然而我是睡足了，我的身上不更有睡眠，就是大风也不能招他来，汗也流完了，皮肤干燥发热又紧张，我的身内更没有一滴水分。大雨过去，圆后又缺的月亮渐渐升起来，透过满缀雨滴的玻璃窗，斜照在我的灰色的被上。月亮当是无私的，他照见正在甜睡的青年，他照见求乞一天而倦怠与失望后正合下眼的饥民，他照见灯塔中注视苍茫起伏的波涛的守者，他照见工厂中做夜工不知外间有风雨有月亮的苦工，他也照见如甜睡的青年与倦怠而失望的饥民们的卧着的，又如灯塔守者与工厂的苦工们的醒着的我。天下也尽有快乐的人们：住在美国的小孩，正在开始睡眠，休息他们一天的运动的疲倦，住在中国的小孩，经过一夜的安眠，正在催促母亲想起来，去吃新鲜的糕果，但我是在半夜中，不是朝晨不是晚；睡在摇篮中的婴孩，闭着眼睛还微笑，预备踏上他无量的前途，遮盖银丝一般的须发的长者，带了酒意笑说，只看他的须发，已够想见他的功绩，但我无前途，更无后路；田野间的农人，罩在大天地的中间，寻他的生产；研究室中的学者，大天地罩在他的中间，做他的心的生产，但我无天地，天地也无我。天下也尽有快乐的东西，蝴蝶翻飞真如意，任是花间任是水边；小草何勇猛，风吹雨打终不移，我既没有翼，我又没有根……啊，说了许多还是说不清，我老实的说罢，我想爱人，我又憎（）！啊，恕我没有胆量实说吧！此后须记着：看到可爱的狗时，立即转过头，倘若要看他，或者伸手要抚他，他便狂喜的跳起来，好意或者恶意地啮你；听到秋林中瑟瑟的落叶，只须想这是你要他这样的，否则你的头发便要变白掉下来，如树的绿叶变黄而掉下来一样。远近的狗音调各不相同而一样丑陋的狂叫，如各人的音调，如各人的面貌，如各人的心，我再也不能睡觉了。

去年此时正游山野完毕回里昂了，箱子中夹着文稿与画稿，有的是完成了的，有的是等我继续下去的，然而重看起来，一样的浮出当时的微笑。今年呢，没有作画，也没有作文。

法国话还说得这样坏，北京话已说不顺口了——渐渐的参入家乡话的音调——虽然没有试验的机会，但我可以断定，我说家乡话一定也不纯粹了。头发还没有变白，乡音已经改变，有何面目见北京，有何面目见绍兴！

十二

由 L·aochelle 渡海至 Oleron 岛 中的 Saint Trojan 村以后，我起身更早了，在太阳未起来的时候，我已起来了，嫩芽的黄绿色的天、帐幕样的罩在平静的海上，这是光洁的黝绿的漆床，床上是红紫而且轻松的棉絮，正在微微活动的，就是太阳的被褥，太阳就睡在这中间。无论什么东西都在和平与安慰当中，只有我的两只鞋底一先一后的嚷，说不定将要破坏全局，最可虑的，或者要惊起太阳，倘若它醒过来时，是哈的笑出来的，我也得去应和他，然而，倘若是呀的哭出来呢？……我提起脚跟偷偷地走往松林中去了，在这久已不被人所爱的心中，暂时的，但是深重的，感到抚育的滋味了。

我才知道，枝上的小鸟与池中的小鱼，比我更虔心。小鸟从小翼中伸出头来就跳到在邻枝上睡觉的朋友处互问长夜中是否安好；小鱼的兄弟朋友们，头与头相亲，尾与尾相击撞，用了他们自己的言语，互述他们的相思。忽然听到小鸟们求友的歌唱，他们就跳跃出水面来应和。林中满地的不朽草（immortelles），放射幽香，如清醒的诗人；幼女似的夹竹桃，在各家园中微笑；蔷薇带露不语，芦花点头赞叹……

忽然从松树的枝叶间透下丝丝的光明，知是太阳来了，他不笑，也不哭，张开眼睛就会开手做事——做他照临一切的事——大家都知道，他已不是小孩了。一条小路的旁边，有一所正在建筑的房屋，太阳在松林后面，松林的影子印在屋上，一个瓦匠立在木架上，依准从屋顶下来的垂直线，一块一块的叠砖上去。

另一个用软尺计算窗洞的大小，还有一个胡子略长的，在较远之处，以八字形的两脚支持着他的身体，他也穿工衣的，然而较其余两人的清洁，两臂操在胸前，毫不作工，然而他很注意的一左一右的看两人的工作，他当是一个工程师，他的注意两人的工作，就是他的工作。他们三人各作各的工，但当他们注意工作的顷刻的余暇间，他们有别的思想：在工程师，则回忆自己如两人做小工时的情形，在小工们，则预想自己也做了工程师时的情形。他们的心中，有他们各人的热闹，看了他们，我又自然的要看我自己了。我吗？我从来不是什么职业的小工，将来也不是什么职业的工程师，然而我却厚着面皮赏鉴这个，赏鉴那个，太阳，小鸟，芦花……我何曾真的懂得呢！

十三

　　在这里骤然的增加了一件事：胸腔屡次地涨高来，想去作画。第一天，我住在村中，百数家各有各的花，各有各的安静。第二天，穿过松林，住在后边沙滩上了，两家旅馆以外，五六十家全是私人的避暑庄屋，没有门牌号码，只有庄屋的名字，邮差，送牛肉，牛奶，面包的，每天各送两次，都有这种美丽的名字在头脑中旋转，是"惠风"或"绿丛"，是"清晨"或"黄昏"，是"水鸥"，或"雏菊"……

　　我坐在海边的沙滩上作画，远见汽船的烟煤飞腾而为紫色的云霞，他不与人的口鼻接触，而人也不如城市中人的哼哼鼻子叫他为烟煤。火车的汽笛，每日按时的叫几次，从松林中传出来，宏亮的充塞在海天之中，为晨鸡，为晚钟。苍蝇也如城市中的洪

洪的飞着嚷，但并不使人联想城市的热闹。燕子还是吞吃蚊子，但这种蚊子不如城市中的吃过许多人的血。那天，在里昂，从美术学校出来，忽然沾上一长条的污物，从帽边一直流到衣服，仰头见许多鸽子在檐头点头牵身一脚左一脚右的踱着走。这里的鸽子与水鸥等等还是且飞且撒粪，然而妨害不到行人，这里有一个庄屋名叫"好，自由了！"从城市里走到这样的美景中，实在不禁要同声的说"好，自由了！"而且，这是一定，愈是劳苦的人愈比我懂得其中的滋味。工厂里的工头，防工人偷惰，防工人浪费材料，而不停地巡回，以致劳神过度不能安眠了；商铺里的经理，虽然投机事业得了胜利，但相斗者因失败而自杀了，所以给他不安；到了这里，一切烦扰都洗净了，这就是自然与美术能改变污浊的人生之功。然而，他们的精神恢复之后，又有能力提起屠刀了，愈是好医生愈做恶事，医好了与人相斗而受伤的人，使他再能与人相斗。况且，尽管引了龌龊的人到乡间来洗濯，究竟也不是办法。河流尽管带了污浊到大海去。海是大量的，总是默无一语，但结果总要使海也变为污浊。我希望有人运载海水给城市中的人去洗濯，而且使他们永远的清洁。

十四

我啊，我是弱者啊！我没有能力将这美景搬运给不在这里的人们，我也没有能力悔恨到这美景来之欠早。住在 LaRochelle 的时候，曾与友人第一次渡到 oleron 岛来，但没有到这里，所见的只是平坦的盐田与葡萄田，黄沙飞扬，不见乐趣。友人们因不见乐趣，急于回去了，但我知道 Saint Trojan 是蔡李二先生与家族曾经久住之地，想去瞻仰一回，故决计一人前往。不幸的，晚上很不安眠，第二天很觉疲倦，故不敢一人旅行，只得等友人起来时告诉他，我也与他同回去，Saint Trojan 之行只得等到将来了。在等候间，我去买风景片寄往里昂，作为此行的纪念。片上是一个老渔人，在网与桨已经预备好了的渔船的前面，厚重然而破烂的衣服在身上，入水用的两只长靴直到腿上，然而眉额是蹙着。上面一行字"风很大，应该出发否？"于是我在片上写：这是蔡李二先生旧游之地，想当时二先生的建设中华新共和国的宏猷，而今，遥望国内，风雨如晦，昨夜梦中见蔡先生，一语不发，良有以也。一阅报知蔡先生愤政治之恶浊，已辞大学校长职而南下。李先生身体还是如此薄弱，须几日的西山疗养，才有几日的劳作，在劳作的时候，已可想见他之须疗养了。方君瑛女士也曾在这里久住，他痛恨中国社会之无望，新近在上海自杀了。现在我也在这里与法国朋友计划中法学术的互助。我是弱者啊，怎么能希望侥幸的成功！我粘邮票在片上。邮票上的播种者只是法国的播种者，我不信中国土地上也会发萌芽，即使就是他的种子，即使就是他去播种。

大风雨的夜中，还能见到明月，雷电风云过去，又见一个晚清天，我也难断前途的吉凶了。我现在侥幸的在这美景中了。我是弱者啊，我只希望侥幸的我的忧虑之不中。

十五

小火车每次必引了许多旅客，到这美丽的村中来游逛，如引导我来时一样。幼年的邮差，在车站等候，从车夫里接过包封，

立即跳上自行车送往邮局，而且还要送给个人——在这包封中，或者又有在法国或者中国的我的朋友我的哥的相思或安慰。我愿我有一天做了火车的司机者，引了这村中人以至于无论什么人去游逛我们的乡土。倘若有人嫌我是太小，不佩开车，我便愿在车站等候，接过包封，骑了自行车，将在外国者的相思与安慰分送给在这乡土中的他们的家族或朋友，而且将这旅客们对于我们乡土的赞美回寄给他们，只要没有人赚我是太老。即使有人嫌我是太老，我还愿穿了本地的古衣冠，扶了杖，坐在家乡，给游人参观，好比博物馆中的一株小草，也许能使人发明这土地的特点，好比古物所中破烂的绣货上的小鸟，也许能示人以这土地上的人的针线。我虽是小草，我虽是小鸟，我还要问问游人对于这乡村的爱好。南门外有大禹陵。当时，洪水泛滥，大禹的父鲧治水无功，大禹继下去，在外八年，三次经过家门，没有进去，在耶稣生前二二〇五年因治水成功而为王。龙山上有越王台，越国受了邻国的欺侮，越王苦心的教育国人，复了这个仇，我们看了这个台，还可想见二千四百年前的大英雄。在别乡，在别省，多有各时代的中国人的遗迹，……我们的民族在黄河上流发育，繁衍到长江沿岸，珠江沿岸，我虽没有见到他们的伟业，但金石古书上都这样记述……现在，他们的子孙更是众多，所差的……你看我，我是这样短小了！

十六

在凉亭的围廊间晚餐的时候，太阳从后面渐渐的下去，红光返照在渔船的风帆上，舟楫一次出水，一次入水，光芒闪烁，同时，水鸥在天上，鱼在水中，一次见腹，一次见背，与舟楫一样的闪烁。同时在晚餐的旅客们叙述他们日间在村中的凉快，小孩打断他们的话，说他的狗几乎捉住林中的小鸟。

蚊子的声音渐渐的热闹起来的时候，新月将往大西洋沉下去了。这新月，是经母亲看过而来的，在新开的桂花香充塞的庭中，他扶了杖，对宜儿说："你的叔父也该在法国看桂花了。今天是他的生日，午间吃面时，我已与你说过的了。只是，他没有闻到我们自己的桂花的香气，而且，他不晓得我们这样的在说他。"其实，在法国永不见桂花，然而，我不但闻到我们庭中的桂花香，听到母亲的语音，而且他们的容貌与一切，都清楚的在我的眼前，蛾眉月渐渐的在青淡的龙山上香炉似的望海亭后下去，桂花树、红蓼，与鸡冠花等的形色渐渐的模糊起来，四围园中的络纬，满在南瓜的花叶上叫，这是宜儿欲捉不能的，他们都知道。只要拿了灯笼走近去，就见许多静在带露的花叶上的络纬，而且随手的可以捉住，然而他们一定没有去捉。母亲感着微凉进屋内去了，或者又于梦中读"西出阳关无故人"之句，如济弟死时的样子，而这新月便留着让我独看了。

我幼年时，每到生日朝晨，母亲总对我说，"今天是你的生日，小心点，不要讨人厌。"我每次必高兴，这一天中，可以如心如意，必没有人敢得罪我的了，但同时也不高兴：为什么从来到生日的一天，没有母亲告诉我，我总想不到，曾祖父母的生日自己都记得，不必他们告诉的。后来，在学校中，没有母亲来告诉我，所以没有一年记得的，虽然母亲与澄弟在家中还在吃面，纪念我的生日。那时，曾祖母、曾祖父、灿弟及父亲先后死了，在我家的男工女工先后走了，家中只有母亲与澄弟了，今天我想到这是我的生日者至少当有十余次了，我如曾祖父母了。

我走到沙滩边，在伸入海中的码头上走过去，渐渐的与岛岸离远，然而离对面的大陆自然更远哩。在黑暗中，我见到两岸的灯火，而两面各能相互的见到，如朋友间的通信，相互的报告平安的消息，如黑夜床中的母子的抚摩，互说"我没有离开你！"而且很安慰的想"他没有离开我"。海面上隐约地见到星散的水泡，跟了退潮流出去，小船系在码头的柱上，依了波浪一高一低的跳动。在那一年的今日，我只有尺余长的身体，以后渐渐的长育起来，到了一定的程度，就渐渐的减缩，又到了一定的程度为止，正如水泡浮在潮上由涨而退的路程一样。时间在我的身旁流过，有时打我，有时抚我，使我如船的一高一低的跳动，我没有权利说我不要流，我没有权利说我不要动！

十七

画海上夕照之后，在沙滩上散步，远见小儿忙碌的捡起退潮后遗留的海藻，我随便的走近去，看他们做什么。一个十岁样子的女孩，头发披散在后面，上有褐色绸结，两臂两脚都是裸出的，捧了海藻放在沙滩旁，这沙滩的里边是一洞，有阶级可以走下去的，洞中有一长两圆的三个位置。他放海藻在这阶级的围墙旁——倘若我们承认这是他们所造的屋，——立刻再去捧别的了。又有一个较小的，穿紫色线衫戴黄色软帽的，与一个只穿浴衣年约六岁的男孩，也跟了搬运来。他们这样忙乱，有时捧了太多，在路中零落的掉下，无暇捡起，只剩了很小的一条，也放在这里。旁边另有一个洞，先后的走出三个小女孩，两者指着邻洞的主人低声的说话，其中紫衣黄帽的，当是正在搬海藻者的姊，因为很相像，而且有同样的衣帽。他们走近去，问他们为什么搬海藻，年较长的女孩说，因为夜里潮水要来。他们没有问为什么潮水要来便要放海藻在这里，立即转头也去搬了放在自己所掘的洞口。他们以为这与屋一样，门口与转角旁各放一块大石，可以抵御车轮的侵犯；其实，只要黑夜盖下来，他们安心的睡觉，什么危险都不会有，潮水也决不到这里的。钢琴声在岸上的屋中出来，笛子的声音在较远之处。这或者就是这小孩们的父母兄姊们所演奏的，他们或者正在计划建筑一更美丽更安适的庄屋，或者正在计划建设一件新的社会事业，如小儿们在沙上一般的建筑。

晚风越是凉快，小孩们愈勇于搬运海藻了。一个少妇在岸上拿了绿衫叫小的男孩去穿，在刀叉盘子击撞的声音中，小孩们先后的被他们的母亲们叫去晚餐，他们完成今天的工作了。

十八

在光滑的海面上，各色的帆船各自的然而群体的移过去；太阳还没有起来，然而淡红的天笼罩在他们上面表示不久就有庄严的太阳出来保护他们的队伍。我在沙滩上散步，只有我一人，自从很久起，只有我一人——我不能说这个，因为这是我不愿睡觉的责罚。

忽然动我的注意的是码头柱子上的黑点，我明白，这一定是书上所见的藤壶的群体了。走近去，果然，几百几百的小孔如蜂窠的挨挤着，每个孔中有细小的肉足，微露在孔外。我设想，他们中或者有时也有一个伸出他的脚，踢邻居的一下，或者有时也有一个说出一篇大道理，要将某个挤出这个群。然而在柱上我没有见挤出的空位，在地下也没有挤出的死壳。我有点妒忌，其实大半为了想考察这种小动物的体质，可以使他有这样的幸福，于是随便在地上捡起半边雪白的蚶子壳，想剖开一个，看看他的究竟。我有点着慌，因为我对于藤壶是第一次做刽子手，其实大半为了有点妒忌。蚶子壳夹在我的大指与食指中间，正对着一个小孔砍下去，忽然的我的小指觉得冷，而且全身都冷了，大概我拿着的屠刀割了自己了。拿起手指来看，长条的血挂在手指下，然而这是绿的，不是红的。我没有出血，也没有割，只是一条绿藻，寄生在蚶子壳上。蚶子壳，掉在地上，绿藻还是寄生着，而藤壶一个也没有伤。蚶子壳，绿藻与藤壶他们的相互关系如此密切，然而在这里，我只有我一人，我被人抛弃，原是我的羞，我还想"三日不吃饭，突得肚皮过江桥"，我是更羞了！

十九

岛中交通繁盛的只是近着大陆的一面，西面与大西洋的大平面相接的，名为野岸，听到他的名字，就可想见他是与这岸不同的。我要看看野岸的究竟，于是从岛的东边直穿四基罗米突的松林，到了西岸。当初，沙堆成的堤防遮蔽着，没有见到海，然而沙地渐渐的松起来了，知道渐入于人类脚力所少到的地方了。从堤防的缺处，骤见一片黄色的大平地，远远的，镶着银白色的边，再远去，就是青绿的洋水了，上面罩着一层薄幕，展到最远处，往上卷回来，渐渐的高上去，覆在我的头上。潮湿的沙地,踏一脚,陷一寸,于是不得不格外小心。沙上竹叶似的许多斑纹,大概是鸡的脚迹,这是可能的,有人牵鸡到这里来游,如常人之牵狗。然而不会这样多。那么必定是什么地方养鸡的公司,引鸡到这里来,让他们吃遍地的小动物,人类的经济行为的进步,必定可以做到这程度,然而,……我有点不安呢,不知什么地方是边际的平面上,只有我是直竖的,这一条弱小的垂直线,那里能够改变大平面的分量的丝毫,——倘若我是睡倒的,他决不更寂寞些!所更寂寞的,是千数成群的水鸟零落的叫喊。我缓缓的走近去,他们都带叫的飞去了。他们故意离开我,讥笑我为什么要离开人而与鸟来亲近,然而,我又不明白当人们以脚底与我亲近的时候,他们为什么不来亲近我呢?啊,我猛然地觉悟了,竹叶似的斑纹,只是他们的足迹,我真太贪了,厚着面皮还以为这是人类的事业!我没有看清他们的面貌,我只在地上捡起他们所抛弃的羽毛,我附在信中,寄给我的师友,我说这只是"千里鹅毛"之意——其实,只是我的失败的标记罢了。

远望水边有一小村落,然而屋上没有顶,只有赭黑的壁与柱,大概是火烧过的,所以不像有人住。走近去一看,所谓壁与柱,都是腐蚀的铁质,暗黑细小的蚌蛤,满结在上面。这是一只大轮船,船身全陷在沙中,所使我疑为村落的,只是通风管的断口与舱层的残壁。然而,虽然残破,我还很认得出:这是司机者的坐位,这是系铁锚与绳索的铰链,还有船顶船尾中容纳几百几千个旅客的房间。在这偌大的天地中,他是惟一的人工物!

沙地银白的镶边渐渐的大起来,当我望海时,要抬头瞻仰了,然而他不是很快的逼近来,倘若以钱塘江中的潮为"跑步"，那么，大西洋中的潮为"踏脚"，所以我还能沿着潮头在湿沙上缓步。我只能缓步，拔起了左脚，又陷了右脚；对于这跋涉，虽没有目的，却留下痕迹，倘若野兽认为我为味美，或者侦探认我为心恶，只要跟了我的足迹来，他们必能捉住我。乌贼骨的断块零落的暴露在沙上，他们曾经是完全的，而且曾经是生活；水母有大有小的分布着，都有海虱群聚在上面，享受水母正腐烂了的气味，直到潮水再来时止；有长有圆有红有绿有粗有细的蚌壳，有双壳完全的，有左缺右全的，有只留左壳或右壳的，有只留一角而不辨左右的，这个在那个的底下，那个在这个的旁边，在同一床中各做各的梦；我俯身随手捡起一个壳，铲起一撮沙，放在掌中一细看，有透明的彩色的石英，有灰白的轻松的石灰，有各种藻类各种蚌类的残屑，啊，我的社会太寂寞，他们的社会正热闹呢！

偶然的，望见一条树枝，拿起来，两端的断面，都是平滑的，小的一端是平切的，成正圆形，大的一端是斜切的，成椭圆形，这必是人类的手迹，而且，在小的一端上繁一白色的毛绒，想是小孩玩弄过的。我有意而且无意的拿了这条杖，不知是吉还是凶，一步一支的走回来了。

二十

在斜阳中，大家照常的晚餐，除了蚊子嚷得更响些以外，没有与平日不同，然而在将黑的时候，忽然的黑云起来，雷电并作了，大家惊奇地说，这是未曾料想到的，当初确有闪闪的电光，然而总以为是灯塔的投射，虽然以前屡次疑惑灯塔的光为电光。

从此，渐渐的清凉起来；我要去看天，所以与朋友们说别，他们说，不怕受凉的吗？我说我有我的大衣。暴风怒卷，雨点沥沥的下来；波涛在海上，松涛在林中，我有我的心，夹在雨者的中间跳动，何等痛快啊！然而……云雨立即过去，什么都没有了。

第二天早晨，在晴光中继续画松林，几乎不信昨晚有雷电，林中居住的小朋友们又立在我的后面了，等我见到他们时，一个一个的都与我握手，一人对一个初次相识的说："他画的就是我们的庄屋。"几分钟之后，他们都骑上自行车远去了。就是这个庄屋中，出来三个小姑娘，也认识我的了。在我的眼睛中，他们是很小很小的，然而几分钟之内，他们渐渐的穿过松林，渐渐的大起来，而且已在我的旁边了。他们看了一回，都坐在我旁边的草地上了。一人说："前面的女子也在画我们的庄屋……""他画屋好像画……牛。难道我们的屋像牛的？"另一个说，"他还不许我们去看，以为他画不好是我们之故。"

停了好久，一人问："先生，你会玩纸牌吗？""我不晓得玩的。"我说。"总有一二样会玩的。""因为从来没有玩过。""不要紧，我可以教你的。玩'老姑娘'是很容易的。"

一人回去取了纸牌来，而且一张一张的给我看："这个与这个可以配对的；这个与这个"……我看凡可以配对的都是数点相同的，于是明白了。他们又说："先配完的得胜，有剩的是老姑娘……倘若男孩就是老孩子。"

远远的有人对我们说："这里是弄纸牌的吗？我要让你们在这里弄纸牌哩！"说着走过了。

他们没有回答他，相互面面的注视，而且相互安慰的说：

"不怕他！""这是谁呢？"我问。"绿庄屋的女工。"不知不觉的，云已遮住太阳，不能续画了。于是只得整理画具预备回来，他们的女工走来夺去纸牌，且说："十一点钟的功课怎样呀？"

我有点不安，倘若他们这个行为是过失，那么我也当分担一分罢，我抱歉的与他们告别了。

到邮务局，有二哥寄来的照片，与许多的报纸，局员是一个小姑娘，问我可否给他一个中国邮票。我就取下当时所有不同的邮票各一个交他，而且，因为照片的封皮已经破裂了，所以随手指示给他看，这是我的哥，这是我的侄，其余的都是朋友。后来，他问，但不是直接问我，只问我同着的朋友："日本大地震，他有家族在那里而受害否？"一个幼年的姑娘，眼光已射到全世界了。

回寓后几分钟，大雨到来了。昨天等雨，雨不来；今天想晴偏下雨——然而昨天的希望总算达到了！潮水未满的海面上，雨丝斜着，而且波动成软浪，如新熟的麦田。檐溜管中的清水急流到街旁的水沟中，欲搀和浊水使较清；雨点紧打在海上的咸水中，欲搀和咸水使较淡，可惜的，虽然也下了一小时，但终于停止下，我想他久雨，他却不下了——然而刚才想他晴的希望总算达到了！

在这晚晴中，海中更盈满，微风更清快，我又往所画的庄屋前走过，与小朋友们道别，我说我明天要去了，也许明天不能见到，所以先来的。而且，在各处绕一周，与所有的小朋友——尽我所能见到的——道别；他们，在这晚晴中，都祝我旅行安好。

二十一

必有人要问，为什么我的游记写到这样子，真的，我也这样想。我着实爱写一个乡下人的生活，或者一个小姑娘的性情，然而我现在写的是这样子，这是没有我的主意的。

一个晚上，楼窗外照见一片晚霞，我立刻轻松得多了，跑下楼梯直往海边走，脚在跑，心在跳，头仰看天，天红如火烧。然而，太阳立即下去了，云彩由中国国旗的第一色骤变为第二色，等我转头由原路摸索回来时，而且一切骤降而为第五色了。我很知道这里的落日就是别处的朝日，而且等候一夜后，明天又来的，然而我的心中永远的留着一个黑暗了。侥幸的，在散步的时候，无意中见海中的鱼跳出水面来，一秒钟之后，鱼已不见了，只留一层一层扩大的水圈，一分钟之后，水圈也不见了。我很知道，别的鱼必有在别处这样的跳跃出来。而且就是这条鱼，立刻又在别处这样的跳跃出来，然而我的心中永远的留着一个消失后的水圈的空虚。我越是跳起来，越是飞起来，我越见满地的黑暗与空虚罢了。一个飘荡的风筝，云雾朦胧中，只见高的大概就是山，低的大概就是水，然而不辨西与东。虽然不必愁他没有归路，但更没有去路。更大的一阵风，吹断他的线，更大的一阵雨，打碎他的身，只留残骨埋在荒草下，或者沉在大海中，这就是他的去路。然而我，我还等候什么别的希望呢？

我愿做一条牛尾巴，一左一右的转动，虽然蝇虻还是来烦扰，但他还是这样的转动。我愿做渚水上的绿萍的一小点，他不狂叫，也不沉思，到了一定的时候，自有秋风秋雨送他归去，更到了一定的时候,又有春风春雨送他复来。我愿做一池的静水,只要太阳照临着,不论美丑,都容纳在心中,他也欢迎飞鸟的过来,但当他离开时,他也就拭去这痕迹。除此以外,我更没有希望了。然而我,我还是一样的没有去路呢!

一九二三年十月
(选自《大西洋之滨》)

送　别

　　忽然听到一阵杂扰的声音，大家都赶到船边去看，见岸上一大群水手，正在撤去船上的梯子。船与岸两者间所借以交通者只有两个梯子，正在撤去的就是二者之一，也就是我到船上来时所走的。看了这梯子的撤去，我深幸尚有一个梯子与岸上相通，我与法国土地还没有完全脱离关系，如最后的握别时的手之尚未释放，两方的感情各得从这梯子里阵阵的往还传达；然而也因此觉悟我已在法国土地以外的水上了！

　　天空青绿，橘红而微微带紫的云片，缓缓的在这天底下移过，不绝的过去，然而也不绝的继他们而飞来。各轮船的烟囱中吐出微薄的煤气与水气，也因受太阳光的感应，呈淡红与淡紫色，腾为云霞，有的飞散而沉下来，结成极薄的幕，笼罩四周水面。在船上，少妇们急忙而且四顾的走过，不久又走回来，想来在寻人，有的手中一大束的紫罗兰，是来赠人的，或者是别人赠他的。可怜，岸上的老太太，小孩子，以及各种人提高声音与船上的人说话，这旅客们在栏杆外俯下来回答他们，看一眼又侧过耳朵倾听他们说什么。

　　汽笛响了！我看表还只有三点五十八分，依照所宣布的，应该到四点钟才开船哩。不过我也不想争这两分钟了，以后很长的也要忍受哩。

这时候我觉得似乎有什么事情遗忘的样子，然而想不起来。忘记买什么东西吗？我都照预开的单子买了的；忘记对人告别吗？然而对谁呢？仔细的记记呀，究竟还有什么事情没有做！

还记什么呢！岸上人丛中的手帕飞动了；离人的心跟了动摇起来，船也已离岸移动过去了。

岸上的乐队是一个竖琴一个手拉琴与两个提琴组成的，此时演奏起来，随海风而抑扬断续，这样的种种都是使别离的感觉深重起来的。船上的将要远行者掷钱岸上，倘若只以物质的观点立论，则他们是在酬劳乐师们，与走过街上时见奏乐的乞丐而掷钱是一样的；但我觉得在这情景中，心情上想必有些不同了：专为送旅客而奏乐，已觉较为亲切的了；况且，此后将要长久不能听到这乐师们的音乐，这是为大家所想到的；而且，旅行者借轻视金钱以显其对于离别之情，如进香者之乐与布施一样。又，他们欲表示除投掷眼光以外还有能力将别的东西投到岸上去而与岸上的人发生关系，这或者为少数人所想到或不想到而自然的有这种反应的。在乐师们原是一件投机事业，而且，想来，他们原是街上求乞者流；但，倘若他们的动机是重在送行而不专在于获利，则这个工作也算得一件新发明，未尝无补于人类文明。只要一切乐师不闻风兴起与他们夺生意就好了。

船与岸中间的一条水渐渐的阔起来；平静的水也荡漾了。而且在离别者无语的静寂中激动有声。汽笛又接连的叫着，最可恨的，这只船的汽管的声音的不响亮，给人以呜咽的感觉。

我环顾一切，第一，自然为了不知什么时候能够再见，所以格外注意的看几眼，想有一个较深刻的印象，使将来追忆时易于描画形容；其次，我不肯轻意放过别离时所特有的景象的丝毫，而且乐意观察似乎非此不足以发泄别离时难忍的感觉。然而同时也很畏惧，怕看出太易激动的景物。我在这两种心情中犹豫。

红日均等的照临船上与岸上的离人，真的，此时两者间的关系只有这一点了。然而他一秒钟不留的向海面沉下去！送行者沿了码头跟着船前行；因为当初欲与船上的人说话便利些而立在船埠的楼上者，也沿栏杆进行，走到尽头，急步下楼梯，在码头上再走，然而终于走到尽头了。

拉提琴者的右手还在牵动，但船上的人已不闻岸上的无论什么声音了，忽然一个兵提起嗓子说"明天见！"这是此时船上惟一的声音，使大家发笑，打破一船的沉寂。然而，面上虽浮出笑影，心中却浮出凄楚。远远的人丛中的手帕还在烟雾朦胧中摇动，我虽没有认识这人群中之一，但我相信他们是欲送我者的代表——其实他们何尝不就是送我者。我想留意他们如何的消失，然而我尽管保留他们送行的印象。这是没有度量衡的标准可以定其有无的；我预料船行到上海时，我必还如现在的看见摇动手帕的人群。

太阳已经西沉了，海面上不复见水波上的返照，曾夫人以画家的眼光称为一班忽明一班忽灭的灯火的。小山一带，延伸海中，为马赛伸手扬巾。我还想看一切的究竟，然而阔面的海风紧急，我压一压帽，拉一拉领，终于抵抗不住，在寒冷与寂寞的瑟缩中我只得懒懒的走下舱中了。

（选自《归航》，开明书店一九二六年七月出版）

地中海上的日出

我已有经验的了，看日出是海行的最大消遣，而且只有海行能最痛快的看日出。

这一次的旅行中我将饱看每天的日出；然而，各处的景物与气候不同，每天的日出不是一样的，所以，虽然寒冷，虽然以后多着，我不能放弃今天的日出。况且这是这次旅行的第一天呢。

深蓝的水上覆以深蓝的天，天上满撒星点，水上遍起波澜。昨夜的月色已去，昨夜的所谓凄切也跟了不见；然而，在无论什么衣服都不能抵御的寒冷中，天这样高，水这样广，使昨夜不承认当时景物为凄切的我不敢绝对的觉得是清净了。似乎，在黑暗所渗透的一切的包围中等候日出，总不免有一种比清净更甚的感觉，这感觉不只是觉得清净一句话所能尽的。

在寒冷中尽管等候着。

"起来得太早了，"我自己埋怨着。那末还好到舱中去坐或去睡一回哩。

"又要贪懒而错过时机了！"就是这个人用了另一个人的口气再来责备我。

于是在寒冷中尽管等候着。

人们总以为太阳之来是惊天动地的；其实不然，他初来的时候也只有一线微光的。然而，这一线微光从黑暗中透出，怀着无穷的勇气，显然划出黑暗与光明的界限。这是他的大功绩。然而他的最大本领还在他之可惊天动地而不使人惊动。大多数人正在别的地方寻太阳的时候，他已在开始做伟大的事业了。到了太阳的本体起来，人们相互庆贺时，天色早已光亮，星火早已不见了。

海上散布小岛；大约是在法属哥塞岛与意大利的岸边了。天上散布大小相间颜色不一与岛一样的云彩。太阳就从这云岛间出来。

他没有出来的时候，天色已经很亮，愈近水涯愈是红色。衬在这天上的云是深紫的，愈高愈是粉青而愈淡。岛是紫褐色的，愈近船身者愈绿而愈浓。太阳将起时，近水的云片下各呈红色的线条，重叠刻画，钩出无数层次。从最远的小岛起，渐近渐差，都如用红水洗刷了一笔，而映出这群岛的海水也由蓝转红，如浊血经肺变为鲜血而又可可送到心脏去了。

不久，水上的云块每片均有金线围绕；在较远之处闪着整块的火花，这当是在比太阳更远之处的云了。当我顺下眼光，看见自己鼻梁上的红色的时候，知道太阳已出水面了。

从此以后，日球渐渐的缩小，光彩也渐渐的淡薄，这一定要使多数人感伤今不如昔的；然而光芒的伸缩，色彩的掩映，太阳的出入云霞，都增加了无穷的精致。最动人的是较远处云丛缺处淡铜绿色的天。

固然，先须有旭日，随后有这种一切精微；然而，太阳之出来，也不是开始于出来的时候。看日出是要在黑夜看起的。

（选自《归航》）

乡 思

在我的记忆中，我此生没有这样清闲过，我坐在食堂的一角上。这样，我不必转头忽东忽西而能完全看见室内一切景象；尤其，劳烦我的耳目的形形色色的来路也只有两面，使我觉得比坐在中间者更是安闲。

我想在这清闲中开始我所欲做的工作。之一，这种工作是我所预计或为旅行前所积欠下来的。然而我又想这第一日应该休息，所以连手中的这本日记也是屡次拿起而屡次放下的。

我的肩背所斜倚着的木壁零零的振动。不错，这外面就是波浪了，他的奔腾的声音真好听啊！四年以来，我所住的总是高楼，从未听到雨打屋瓦或雨水流地面的声音。在家中，低头看书时或深夜醒来时，欲知道下雨与否或雨止与否，不必抬起头来或开出门去，只要谛听瓦上就可知道的了。还有，每于大雨之下，院中积水数寸。不等雨止，鸭就从院角檐下出来游泳。在鸭声的清快中，我感受驱逐烈日的风雨的凉爽。

抬起头来，我似乎想听听这声音是否从屋瓦来的，我看见光亮的天花板上的影子。窗外一半是波一半是天的景象投射到开着的玻窗上，窗洞与玻窗都投在返射镜似的天花板上，于是我们可以看见上下四个圆形与四个海天，水泡与波纹在船旁的水上向船后退去，而在天花板上的返射影中却反对方向的转成半圆形，使我想起幼年时所玩的走马灯。是的，现在已是阴历十二月，预计到家时还在旧的新年，正可玩走马灯，过我消失多年了的幼时的鲜美生活！

忽然的从两股里传送上来凉爽的感觉，好像是穿了薄绸裤坐在石板上的样子，这观念似乎还是许多年以前所有的。

真的有许多年了。夏天的早晨，我家院中满栽鸡冠花老少年美人蕉；绯红的荷花乘着凉快浮在绿叶上放开来。我在这花前读书或写字之后就取了斗桶到河中汲水灌花。汲了几桶，小孩的腕力与腿力有些疲倦起来了。适巧，针一样细而蜻蜓一样在头上有两只大眼睛的鱼秧在水上几点绿萍的中间摇动尾巴，然而并不前进。为了疲倦，为了小鱼之可爱，我在这河埠的石级坐下。

早晨的太阳斜照水上，又返射到河埠的椽子间，轻松的棉花似的依水的动荡而跳舞。

轮船中天花板的面上也有这种光影，这是船边海水上的日光经过圆洞返射进来的，因此使我回忆幼年时河埠头的日影，而且使我觉得如当时坐在石级上的凉爽。

这种一切回忆确是甜蜜的。现在不必怅惘，我正在一日千里的向这甜蜜的实在进去。然而，所虑的，一切实景是否还完全存在，一切甜蜜是否还能在我的心中酿成，我忐忑不大敢走近去了。

（选自《归航》）

变把戏的老人

　　船停泊在苏彝士运河口的波得赛特，旅客们在岸上游逛以后乘坐小划船两两三三的回到船上来。从开船起海行六日中所渴望的登陆，到了这时候，已完全失望了。停船前宣布六点钟开船，我们只等候六点钟到来，可以离开这炎热而龌龊的国土。

　　在无聊的散步间，望见岸边红顶的屋宇间错综的椰树的大叶微微的摇动，而且四面水上吹来阵阵清气，因此感受晚来的凉爽。午后在岸上被强烈的太阳所逼成被街市间的浊气所熏成的头痛病霍然消去，而刚才因为见波得赛特居民的生活而引起的恶感也渐渐的消失了。于是我颇悔我对他们的憎恶转而感激他们了。

　　在这个可以留恋的景色中，又来了一个可爱的土人，他恐怕我们等候开船而气闷，所以他来给我们消遣。

　　当我在舱上散步时，远见船头上的兵们渐渐的聚集起来；中间是一个土人，与他们说话。我料想这大概又是卖鸵鸟毛之类的。

　　兵们的围场散开，这老阿拉伯人走向我所在的舱上来了。

　　因为他的祖先的缘故，因为命运支配他不得不常在烈日下奔走的缘故，所以他只能有一种红黑的皮色；散乱的短发与蔓延口边与颊上的胡子都已是白的多于黑的了；干燥的一笑，露出满口的牙齿；两眼边折叠细细的条纹。忽然上下唇紧闭而两眼如汽车头上的两盏电灯了。

他用法语极迅速的说他的来意，有人以英语回答他，他也就转而说英语。他在船板上坐下了，腰间的围裳是有红格的花纹的，在宽裕处扭成一个结，塞在腰边，围裳的下边刚至膝间，以下便是裸露的红黑皮肤的两腿，八字形的分列着，脚跟着地，尖向上，坚强的脚底直立着，一望而知是经历过久远的跋涉的。他在破旧的短衣与胸膛间取出三只铜杯，遍示大众，杯中是毫无物件的。

"巜ㄉ一巜ㄉ一……"他响声的一叫，在倒覆地上的杯中有一个软木塞子，用同样的方法变出三个木塞，再使各杯中的木塞渡到一只杯中。

这种把戏原算不得如何特别，但我们素认为没有一技的人也能做些我们爱好的游嬉，颇值得注意的，况且此时只是等候着开船，不妨借此消遣，所以看的人这样多。

忽然又在胸前取出一只鸡雏，黑毛高脚，在地板上伸步。老人巜ㄉ一巜ㄉ一的叫声又起来，左手急急的捉鸡，右手拉住鸡头，两手用力一扯，正在凝神注视的太太小姐们先身受毒刑的鸡雏而尖利的叫喊出来时，只见他的两手中各有一鸡，而且放在地板上姊妹似的散步了，其中一只有黑斑的，非刚才所曾见的。

于是掌声雷动而铜圆也接连的掷下去了。他得意的笑时，眼睛很细，而口唇张得正圆；然而他又觉得自己之可骄傲，合上口唇而一对眼睛睁得正圆了。

忽然的他放下手中的游嬉站起来了，走出人群的围场，他十

| 孙福熙散文精选 |

分恭敬的举手行礼,而且说:

"你是东家,你是首领。我求你的允许——你是一定允许我的,——不同你说是不行的。"

远远的,在二等舱的楼上,高兴收受他的敬礼似的也举起手来回答他,一个高大的人带笑的走过了。这是船长,想必每次船经此地时看熟了的,或者从船长帽上的四条金线而识别出来的。

不久,他又坐下变别种把戏了。

我代这老幻术家不平,倘若他在巴黎的幻术场中演起来,有各种设备使他更加容易显出他的艺术,必大受欢迎,而他的生活决不如现在的困苦了。

然而,他能这样得钱,还是幸福的;岸上的居民远没有他的快活哩。他们住在矮小的屋中觉得气闷,在露天下又怕太阳的煎炙,没有事情做,只得在檐下睡觉,苍蝇阵阵在他们的头上脚上乱咬;腐烂的果皮菜叶堆在街间蒸起恶臭,满街的食物在店中及担中供给他们吃,确是他们的幸福,然而吃的时候不得不夹口的咽下这种恶臭。我们走过几条街就觉头重而晕晕如在浪涛中的船上了,——在船上时倒不觉得昏眩的。他们天天住在这里,不知如何忍受的。

码头上满立马车夫,汽车夫,旅馆的招待,游历的引导者,与卖宝石卖鸵鸟毛扇卖本地风景片等等的人,杂乱的说英语法语,杂乱的夺生意。许多警察,就是这民族的人充当的,用棍打开这班人,让旅客们出去。然而这种可恶的人倘若有一个是不这样争夺的,我不敢必其还能如现在的勉强维持生活。

索价三法郎的风景明信片,给他一法郎半也就卖了,但他硬要人再买一本，而这一本是没有颜色而价值较低的。然而我不敢说他们之作伪是完全他们不想好之故。

变把戏的老人倘肯使技于偷窃，或者得利反少，然而比欺骗的商人更恶了。

从此我不敢憎恶我所很憎恶的波得赛特了。

（选自《归航》）

红海上的一幕

太阳做完了竟日普照的事业，在万物送别他的时候，他还显出十分的壮丽。他披上红袍，光耀万丈，云霞布阵，换起与主将一色的制服，听候号令。盖天所覆的大圆镜上，鼓起微波，远近同一节奏的轻舞，以歌颂他的功德，以惋惜他的离去。

景物忽然变动了，云霞移转，歌舞紧急，我战战兢兢的凝视，看宇宙间将有何种变化；太阳骤然躲入一块紫云后面了。海面失色，立即转为幽暗，彩云惊惧，屏足不敢喘息。金线万条，透射云际，使人领受最后的恩惠，然而他又出来了。他之藏匿是欲缓和人们在他去后的相思的。

我俯首看自己，见是照得满身光彩。正在欣幸而惭愧，回头看见我的青影，从船上投射海中，眼光跟了他过去，在无尽远处，窥见紫帏后的圆月，岂敢信他是我的影迎来的！

天生丽质，羞见人世，他启幕轻步而上；四顾静寂，不禁迟回。海如青绒的地毯，依微风的韵调而抑扬吟咏。薄霭是紫绢的背景，衬托皎月，愈显丰姿。青云侍侧，桃花覆顶，在这时候，他预备他灵感一切的事业了。

我渐渐的仰头上去，看红云渐淡而渐青，经过天中，沿弧线而下，青天渐淡而渐红，太阳就在这红云的中间。月与日正在船的左右,而我们是向正南进行——海行九天以来,至现在始辨方向。

我很勇壮,因为我饱餐一切色彩;我很清醒,因为我畅饮一切光辉。我为我的朋友们喜悦:他们所属望的我在这富有壮丽与优秀的大宇宙中了!

水面上的一点日影渐与太阳的圆球相接而相合,迎之而去了,太阳不想留恋,谁也不能挽留;空虚的舞台上惟留光明的小云,在可羡的布景前闪铄,听满场的鼓掌。

月亮是何等的圆润啊,远胜珠玉。他已高升,而且已远比初出时明亮了。他照临我,投射我的影子到无尽远处,追上太阳。月光是太阳的返照,然而他自有风格,绝不与太阳同德性。凉风经过他的旁边,裙钗摇曳,而他的目光愈是清澈了。他柔抚万物,以灵魂分给他们,使各各自然的知道填入诗句,合奏他新成的曲调。此时惟有皎洁,惟有凉爽,从气中,从水上,缥缈宇内。这是安慰,这是休息。这样的直至太阳再来时,再开始大家的工作。

(选自《归航》)

海港一角

海港一角，绿水盈盈，谁都会相信，这是造物者画青山时的笔池。太阳夹在彩霞间，映入水中，乘着微波荡漾，一度起伏，一度闪铄。水鸥上下，照见水中的自己，与游鱼结队浮沉。男女三五，驾轻舟，任风飘荡；歌声远近，随音乐而抑扬。飞鸟与游鱼围绕船边，似乎欲更听清船中的歌乐。果子糕饼从船中掷出，分给水中与空中的鱼鸟。以食物给人，原不是有礼的；然而分自己所爱的东西为馈赠，显出伟大的同情。我沉醉在这互爱与和平的地上天国中了。

熏风一阵，幻景尽消，我才明白我是在 Djibouti 港口。我做美梦真的太不看地方了！

在中国，水鸥是何等清高；在里昂，则回绕河边桥上，衔游人手中的食物，半以游嬉，半以充饥，何等受人的亲切与温柔。一样飞翔的在 Djibouti 绿水上的水鸥，远去没有可歌的山水，近来没有可乐的抚育，只得嗷嗷哀鸣，在水上，汽船的厨房所弃的垃圾中找寻面包的碎屑。水中没有游鱼，却有四五个小孩，深紫而黑的面色，夹着橙子苹果的皮，浮在绿水中。透过水色，望见左右上下拨动的小孩的手足，美则美矣，印象之刺激是更深了！

小孩们与水鸥一样的叫喊，希望我们船上的旅客投下钱币；他们见钱入水，即钻下去争夺，赢得美服的太太小姐们的狂笑——女子是仁慈的，大概因为布施了贫苦的小孩而高兴了。

几个小孩上船来，小的不过七八岁，除腰间围一旧布外，露出幽黑瘦削的身体，口唇颇厚，与多数黑种人一样——在这一点上，我还想避免与黄种人比较；然而讲到他们的脑袋我不得不说比黄种人白种人都大了。倘若这是有失自尊，或是对白种人失礼，我也没有法子了。据说，一位法国教师在他的教科中说："白种人脑子比别种人都大，所以最聪明。"班次中有一个中国学生，各科都是第一的，立起来说："先生，但是，我是黄种人呢。"于是教师继续自己的话说："但是也有例外的。"Djibouti 人当是反面的例外了罢。我自然而然的自问，在这样大的脑子中想的是什么呢！倘若他们如白种人的想："我们的脑子比别种人都大，所以最聪明；白种人次之，"那末黄种人的我们排在最后了。倘若他们反白种人的意见想："肤色黑的最美，白的最丑，"那么我们排在次等了。穿了破棉袄立在穿狐皮者的旁边而不羞者是清高；裸露的他们见了我们因为怕热而穿最薄的绸纱，而总不免予热者，不知作何感想。他们向人要一法郎，即当从船的布篷上窜入水中。他们用法语说得很流利，忽听有人用英语对他们说，他们就改用英语，而且所要求的也从法郎改为先令了。入大学必须学两种外国语，似乎使我们有难色，我学了几句法文，便将几句英文忘记了，看了这班小孩，不免愈加惭愧。倘若我要为自己辩护，或者又要从新回到脑子大小的问题了。

砰的一声，一个小孩从四五丈高处跳入水中了：脚先入水，立即头也不见了，两三分钟后始再浮出来。

| 孙福熙散文精选 |

人要生活，所以当工作；人会工作，所以当维持他生活。凡有一艺之长，即如打拳的粗汉，吹箫的盲人，不如农人之能直接得到生活的资料，但能消遣他人的烦闷有益于人者，都该给以生活的保障。然而谁是不该生活的？有生活能力的人不过有了机会罢了。多少的欧洲人称生的克兰姆量米里米突，以他们用力的分量，板起面孔要钱；学会两种外国语练成游泳术的小黑人，为了要生活来对我们献技，我们能责备他不该以这种丑陋凶险的行为示人吗？

先哲们之主张人道，就看了这种小黑人之故罢。至少，他们的人道，这种小黑人也包括在内的罢。然而我，对了这等浸在水中的小黑人而说人道，觉得见诸事实之太难，我的牙根酸痒了。

土地丰饶的国民，有人来办学校，说"你们需要我们的亲善"；古文明的国民，有人来赞扬，说："你们祖先何等的昌盛，你们必能复兴的"；尚且沉沉死去。住在海角沙山间的 Djibouti 人，没有物产可使人喜欢，没有祖宗的遗迹可做鼓舞的凭借，欲自己奋发或求人帮助，都是难于渡撒哈拉大沙漠的。欧亚的泱泱大国民，虽然经过得多，但停不过数小时，万一人道主义在心中浮起来了，方法很简单，掷下几个铜子，一切都安然了。五年十年后回顾时或者再走这条路，不幸又见到了，于是再掷铜子。

我这里何必做人道的美梦，我做美梦真的太不看地方了！

（选自《归航》）

帆　船

早晨醒来，船还很颠簸，我鼓着勇气的坐起，只穿了袜，已觉不可忍，只得从新躺下。

我每天必去早餐，这并不因为非吃不可，实在因为许多人宁愿不吃而睡觉，而我不以为然。有的人是要吃又要睡的，所以叫茶房拿早餐到床边，坐在被中吃了再睡，这是船中规则所允许的。然而我不需要如此。

不幸的，今天破例了。茶房看我还未起来，不等我叫就拿了牛奶咖啡与面包进来。我颇不高兴，因为我本来还想于八时前，早餐时间截止前，勉力起来自己到食堂去吃的。那里知道船竟这样的动荡，拿着杯子，牛奶屡次要荡出来，而人也晕晕的不能支持。我知道在这晕晕中吃得太饱一定是不好的，所以只喝了半杯而毫不吃面包就止了。

老是躺着实在是没意思的，第一因为天气太热而从窗洞进来的空气太少，第二，不到舱面上去，或有新奇的景象与新奇的事物，我不肯弃而不看。在舱面上是不觉得动荡之可怕的，最难受的只在房中盥洗穿戴的时候。于是我攀住床边铁栏，十分急促的洗面后，不系领带，只随手拿着，酒醉似的，摆来摆去，一步攀东，一步攀西的跑到舱上来了。不系领而出来这是第一次，身体不健，礼节也就欠缺了。

放了胆走去午餐，虽然桌面与盘子如在水上的浮沉，我却能照常的用膳。在第一菜的沙丁鱼上我尽量的放了盐，吃得很适胃，这是有影响于以后各菜的胃量的。

餐后又即往舱上。昨日的风撕破了布篷，今日拿去修补，所以很光亮；然而也因此觉得寂寞，因为这使我联想满院的绿荫被风摧折枝叶而光亮的景象。因为风是寒的，所以虽在太阳中还不觉得大热；在这动荡中看书是不可能的，有的人还坐立不安的要吐呢，所以我也只是懒懒的躺在布椅中。

成阵的人在我旁边经过，脚步接触地板的声音使我从半睡中惊起，许多人往船右边跑去。我不及揉眼睛也跳过货舱口去看。很远的地方有一个黑点，然而已经可以辨别是一只帆船。他随波涛起伏，浪高时，他在浪峰以后，使大家疑心他已沉没一半了。他是向我们的船来的，所以很快的扩大起来；到了最近的时候，可以模糊的辨别船中有十一二个人，多数是直立着的，依了浪动而前后左右的摆荡，想必他们正在注意我们。两三人在帆下，想必在牵动风帆，两三人在船后，想必在把舵。看他们穿的蓝色短衣似乎是军服，渔人乎，商人乎，不得而知也。

"我们在这样的大船中尚且觉得如此难忍，他们的苦楚可知了！"

"看去有几个人横倒着呢！"

真的，他们的船至多不过我们的百分之一，而我们在这样的大船中还怕得不敢起来。昨天大风雨中，他们当然是在大洋上，因为这里离陆地是很远的。躺着的人不知是病着否。

"他们向我们求救罢！"

"望去是在挥手。"

然而不久他已在我们的船后很远之处了。因为轮船后机器的鼓动，它愈加颠簸起来。

"我们应该停驶，让他们可以近来，问他们要什么，而且不致使他们荡翻。"

说着，已不见帆船了，然而大家还往船后望着。

（选自《归航》）

青年的恋爱

晚餐桌上，一位小军官问ㄉㄢㄆㄢ君为什么有不高兴的样子。

"我是回国去的，然而我的心仍旧在英国。"他回答。

"那末为了恋爱了。"

"不，为了一个朋友，一个男朋友。"他且说且羞涩的微笑了。

十四日以前，在马赛开船的第二天，舱面上，铺着狼皮与地毯，在渐行渐渐微温起来的太阳光中，数人围坐着，合奏音乐。几位从美国回来的中国学生也攒进去讲话。我是不会交际的，而且我不懂音乐，所以决不去加入。况且还听他们说的全是英国话，我又不能应酬。我虽不去与他们接近，却很在观察他们，看他们相互戏谑的态度，我决定他们是一个团体。然而是什么团体呢？他们中一男一女与一小姑娘均是英国人，还有两个黑色面孔的是印度人，一个面色浅灰黄的，想来是印度人的一种，一个是黄种人而皮色白且秀者，想非中国或日本人，那末是安南人了。三个英国人当然是夫妻与女孩无疑，然而四个青年是何等人？与三个英国人的关系又如何呢？

郭君不约而同的也在观察，当我与他讲起时，他也以为是一个团体无疑，大概他们是走江湖的。我说想必是与教会有关系的：四个青年是这对英国夫妇的什么学校的学生，或者他们受这两人的聘请特来印度办教会学校或别的传教事业的，郭君也承认我的猜测较为有理。

ㄉㄢㄆㄢ君就是这团体中我猜为安南人的一位，但那时我尚不认识他，所以不能问他是否安南人或他们究竟是什么团体。

认识ㄉㄢㄆㄢ君就在听他们合奏的第二天，也是在晚餐时节。我拿了红烧的蓟（artichaut）的硬皮，照我的习惯，一片一片顺次的排列在盘边时，我斜对过的排长很谦和的问我：

"你是到那里去的？"

"我一直要在上海离船哩。"

"中国吗？"ㄉㄢㄆㄢ君第一次对我说话，因为说的是法国话，所以如此简短。

他比我更羞涩，所以我们不再讲什么话，虽然两人都随时以和蔼的面色相互注视的，然而排长们屡次要问他，而且对他讲安南的情形，大概也猜他是安南人之故。他们并不了然于安南的情形，所说的当是别人因他们要到安南去而告诉他们的。ㄉㄢㄆㄢ君以法语回答他们，颇能达意。

在饭厅门口出来，他也正出来，我让他，他也让我。

"你说法国话也这样好！"我对他说。

"不，"他羞涩的一笑。

我在房中洗面后出来，他也出来了。他又让我先上楼梯，自己跟着，同到舱上来了。

月光与清风一样温柔的抚弄人面时，我与这位英锐的青年谈话。我在他的年纪时或任何时期不曾这样灵敏，而且在中国我不曾看见过这样灵敏的青年,细薄的肌肤,脉脉流露智慧,润泽而明净的两眼,在月光中闪铄,传出无穷的才华,却又是收入智慧之门,机巧中带着和蔼,庄重中带着诙谐,柔软的身材,笔挺的站着,大约是十八岁的人。

"到英国来有几年了呢?"我问。

"四年了。"

"专修那一科呢?"

"学法律,现在还在预备文字,英文与拉丁。"

"也学法文吗?"

"法文还是小孩时代学过一点,现在忘记了。"虽然说法语颇好,在颜色上却表示说得不好而抱歉的,于是我愈觉我的法语太坏而羞愧了。

"这次到什么地方去呢?"

"到新嘉坡去。"

"家,就在那里吗?"

"不,我还要到暹罗去,我是暹罗人。"

我听了觉得非意料所及,而且知道所猜测他们团体的一定大误,所以急忙的问:

"那束你的朋友们也是吗?"

"我的朋友们?我只有一个表兄,就是弹曼特林的,戴软帽的。"

他又说两个印度人是在英国学农后回去的,英国人夫妇有国家的差使到科仑坡去的,大家都是在船上相识的。

从此以后我屡次与ㄉㄇㄆㄇ君散步谈话,而且渐渐知恋爱之占有他的心境。

在膳桌旁，他挺直的坐着，一举手一转头都出于确实的志愿，不稍苟且。衣领都极整洁，处处显出锋棱。消费时间于服饰者常使人疑心是为了服饰而生活的；然而用了服饰可以表示心情与主张，所以与情感，语言，文字及一切艺术同含有艺术之至理，——我们见一生人可以从他的服饰推测人的浮夸或朴素，颓唐或振作。ㄉㄢㄆㄢ君的锐气，不必听他的言辞，不必看他的举止，从他的衣服上已看得很明白了。自然，衣服的艺术不仅是用了整洁一端以表示如他所有的锐气的，特创或保守可于服饰的不趋时尚中见之，不拘小节或怠于兴革可于不合法度中见之。他又应气候的变易而改换衣服，不受热，也不冒寒。当早晚有风时，他披一块项围，黑白阔纹相间的绸制成的，据他说是网球竞赛胜利的赠品。早晨着红黑条纹的运动衣，雪白的衬衫领翻出衣领外，底下是红漆皮拖鞋，套在淡墨色的袜外，早餐后则换上衣领。我从来没有在他的脸上发现一些鼻垢或眼脂或任何污点。不比较不知道，与他常说话的两位印度学生就大不同了。吃饭或无论什么时候，坐着忽倒向椅背的左角，忽倒向右角，提起左膝踝支在桌边，忽又换以右膝踝。他们是在热带生长的，所以体态弛缓，这是可以原谅的；然而在这里并不炎热的时候应该振作些了，他们却不然。从此我知倘若他们到寒带，还是懒懒的斜倚冰山而坐的。试看，暹罗与他们为邻，岂不同是热带国吗？这完全是人的问题，ㄉㄢㄆㄢ君的满身尊贵不是他的表兄的沉滞的脸上所有的，而且在温带生长的我反是凡俗而污浊。

诚如我们所猜，他是贵族子，他的名片上他的通信地名就是他的姓ㄉㄢㄆㄢ，他的父亲是ㄉㄢㄆㄢ地方的封爵。

他是不大饮酒的，上唇微微接触红酒后，就稍稍吸入口内，知是灵敏易感的，于是舌尖出来抚摩它。我初见他就羡慕他的口唇了。从这里，他将要传送他的爱给美好而幸福的姑娘，从这里，他将吸收姑娘的智慧使自己更有智慧。

我自信不是想探索他人恋爱的秘密，实在因为我同情于天下的情人，当ㄉㄢㄆㄢ君说出心在英国的一句话以后，我就于晚间散步时问他了。

"你在想念你的爱人，是不是？"

"一个女朋友，打网球的朋友。"他回答我。他之所以肯实说者并不是欲以有爱人而对我示富，也不是不知言语的谨慎随意以私事告人；实在，有浓厚的情感而不能表示是极难忍的，遇见同情于他者便极痛快的讲出来了。

"认识他很久了罢？"我又问。

"因为在学校，只有礼拜日可以相见，所以交际也不多。"

"你应该十分保养自己，这正是爱他的方法。为了他而多用思想，甚且无意于寝食，倘若他知道，他必十分不安了。"

听了我的话，他微笑了，而且说：

"我并不是为他，只因为病了。"

"这几天你很少出来，你在做什么事消遣？"

"我看书，……睡觉，……做日记寄他，……因为临行时我这样允许他的。"说着惨然一笑。

倘若我是一个女孩，我也一定爱这位多才而又多情的少年；而且天下有可做父母的人，一定爱这样的儿子；有可做教师的人，一定爱这样的学生，就是我，也觉做了他的朋友而荣幸；在舱上三五聚谈的人群中，他犹如白鹤，孤寂的立在较远之处，我隔了人群看见他面上的一小部分，尤其是看见他面上三粒细小的黑痣之一，我轻快而安慰了。

排长们见他不高兴，讥讽或者还带着嫉妒的对他说：

"你又在想你的好朋友了！"

"不，我是不要结婚的，英国话中有一句成语，妇人是世界最坏的东西。"他说时面色颇严厉，或者竟是恼怒，大概他欲表示他的爱情是与凡人之视结婚为商业的成交者有别的。然而我怕他因为环境的制限，竭力节制，想说服自己，所以有这话；或者他已起了反动，真的绝对拒绝了。他是很可享受爱的幸福的，我不愿坐视他失掉机会，况且，他的女友未必与他一样的反动，一定还在浓厚而甜蜜的希望他，怎么能够知道他的心情已经坏到如此了。所以我劝他；

"爱是不必受什么制限的。远隔着的，你也可爱，不爱你的，你也可爱。你只要不等待他人之也爱你，远离及一切阻挠都不会发生问题的。我相信你的多才智，爱艺术，不是能完全屏拒恋爱的人。"

"是的，我知道凡有艺术家都是富情感的，然而我真的不要恋爱了！"

恋爱真如酒，一触口唇就沉醉，于是绝然戒酒了。

（选自《归航》）

谒　佛

这旅行中最长的一段走过了！

从 Djibouti 开船走了七整天，到十八晚上，远见水天相接处浮着细微的一行灯火；风吹着，雨打着，似乎灯光应风浪而明灭。七日来困倦中所希望达到的 Colombo（科仑坡）在眼前了。所有的旅客都到舱面上来，用了久所切望的目光远远的注视，拿了望远镜看，也看不出什么，只见有的灯火全丛的在移动，可以料想这是一只船。我们的眼光虽不能射到岸上，而灯塔的光芒却已能送到船上，使黑暗中的我们能够相互看见面貌，他自左而右的转一个半圆，计明灭三次，在静寂的黑暗中见这样阔大的动作，自然的起畏惧与崇敬之心。这里是佛地，我们向此光明路渐近"彼岸"了。

船进避风港，并不靠岸。大小轮船若干，均满缀电灯，也停在水中，不能近码头，故岸还远在船丛后若干丈之处。许多小汽油船在船与岸间往还，汽号的声音杂乱得使人心烦，有一只是来取邮件的，有两只是来系缆抛锚的。此时我们船边也接上许多电灯，而且放下梯子，于是印度人的旅馆的接客查检的警察与运货的小工满舱面了。

虽然晓得今日可以上岸去的，而且护照上已由警察来盖印了，但那时已九点，只得按下飞涨的心情，将这炫耀的景象连根带土的推出，闭上眼睛睡觉了。

可怜的一夜没有安睡，一则因为炎热，二则因为船中装煤声音噪扰，尤其是精神提起，渴慕佛地风物。

五时，窗中微有白光，起来整理后即往舱上。青紫的岸上，满是高大的椰树，在茂密的椰树叶的缺刻后，衬着朱红的天，太阳就要起来了。晨风渗入皮肤，比什么滋养品都有效力，绿波荡漾，与风为应，透达心窝。水鸥知道爱惜清晨，大早就相随飞舞，画出爱的神髓。我觉得我将有所悟了。

惟一的目的是谒佛，于是与曾君等同上岸，在 Cock 公司雇定自动车专往佛寺。

一路街道整洁，居民温和沉静，远非这次旅行中在各地见到的土人所能比。到一个旅馆前车停住了，说是可以休息的。

碧绿的海水与青苍的天相接，景仰无边的广大。在近处，白浪泼在岸边礁石上，激起水花。我们在这里散步，照相；忽然有一土人从椰树林的粗干间出来，用英语问我们的需要，一听我们说要谒佛，他就愿意引导。于是我们跟了他向树林的小径走去，走了好久，他指点远处大树丛下的小屋说这就是了。踏上两级石阶，看到质朴的三间小屋，旧的花格的板门下有藤椅数把，难道是为谒佛者休息而设的吗？然而全所建筑一点也不像是一个庙的样子。正在疑虑，转头向右见两个女子在门口席地坐着，门槛上放着两个小棉垫，各插许多小针，用白线结花边。引导我们的人移椅要我们坐，而且要小姑娘们取出花边来给我们看，说这是可买的。

101

两位姑娘都极其温雅，斜侧了头，又微微的转过眼睛看我们，等他们开口回答时，眼光又已注在他们的工作上了。然而，我们是来谒佛的，于是说：

"佛庙在那里呢？我们是要往佛庙去的。"

"你们要到庙里去，我知道了，我领你们去。"引导我们的人始恍然大悟的回答我们。

走过树林，跨过倾倒的土墙，我们是在佛寺了。我抖擞精神，跨上阶级，见一大院子，走不到一半，又是阶级。一个老和尚立在殿门口，剃光的头，黄的袈裟。这是真的和尚了，中国和尚的脸虽不如他的黑，形式上却学得与他完全相同，这是可以佩服的。

殿是很小的，进门看四面满是埃及式图案的壁画，一行一行的佛像与花卉，间以几何形的装饰。上面有一佛座，此外没有什么了。本来不必借什么繁复强大的东西才能使人领悟的；然而我们心中除佛像的影子以外真的没有什么了。于是我们很失望。

"不是这一个，这里顶大的一个在那里？我晓得的一个不是这样的。"我们看过他人的游记，所以这样说。

"我知道了，然而很远呢！"引导者说。

我们出庙，从原路回到汽车来时，在树林中，两个小女孩不过五六岁的，对我们说话，声音细微得与蚊翅一样，说的大概是英国话罢，然而一点也听不出他们所说的意思。看他们斜举着手的样子，当是求我们给与些东西，然而手掌并不张大而平坦，手指半屈在掌心上，要伸开来，又缩回去，在嗡嗡的语声中十分羞涩的举目看我们，又立即俯下。

还有一个男孩，拿了一朵花给我。我问：

"你要多钱？"

"一个铜子。"

"然而我只有法国铜子。"

"我正要法国铜子，上面写法国字如那位太太给小孩的。"

这花是蕉黄的，有夜娇娇的花那样大，然而花冠不是喇叭状的。花未全开，计六瓣，每瓣的左边卷在花的中心，右边在外，成一个辐射状的漩涡，与栀子花初开时相仿佛。中心不见有花蕊，而甜美的香气不但使我感激这小孩投赠的好意，而且似乎从此接引我如登梵天。这种花也是可以献佛的，然而我并不留他在庙中，后来照相时拿着，而且拿回来夹在书中。

又坐自动车到一庙前停下。庙门疑是富人的避暑庄屋，进去，是西洋式的建筑，虽然也挂着许多黄布，从门框望见里面的佛座，但我们立即转头出来，告车夫说：

"不是这个庙。"

"这是新的，更加好呢。"驶车者说。

"我们要看旧的。"

"时间来不及了，那个太远呢。"

"你以前何不一直到那里去的呢？现在另外加你钱罢。"

于是又去了。

椰树干高七八丈，只有路上留些空隙，可以看见碎片的青天，其余被椰树的大叶结成绿帐。棕榈与芭蕉杂生其间，微风经过，叶片闪铄而且发音，就从这风阵中，飘来什么花的香味。地面是长短不齐的杂草，大小不等的椰子落在其间。

尽管向树林深处穿行，久之，车停了，佛寺就在眼前。上阶级，见院中立一塔，有钟，下弦以后的眉月淡淡的映在塔后青天中。老鸦成群的跳跃，在我们近旁来去的踱步。我佛慈悲，惠及众生，这国土上是没有人残害生物的。

至殿前，沿廊而进，我屏息不敢稍有不敬，虚心等待悟法。进门，见满是贝叶经与各种祭器，均放在玻璃柜中。有牙齿一颗，据说是佛的真体，然而我觉得毫无所得。又走，至正殿前，引导者令我们脱鞋，只着了袜跨入殿门去了。第一步接触殿中光滑的石地，骤然的凉爽，从脚底上来，直达心底，我知道从此皈依了。幽黑的殿中，和尚点起蜡烛指示佛像与壁画。殿高，而且气温远比外间为低，烛火只有一颗星的大，四周微晕，如在雾中。又走至间壁，卧佛在焉。从脚至肩约七八丈，或者有十丈也说不定，右手支头，斜倚着。面貌极和善，长鼻，细眼，静默中如有所欢喜，延长闭上的口的细线，使两颊的筋肉宽弛而将形成笑窝，四肢也极安静，不费力而得快慰的样子。佛座是在玻璃窗中的，而且室内光线微弱，虽竭力观察，我所得予佛者如此而已。佛前放各种鲜花，每种花排成一小正方或长方，纵横行列均极整齐，如一菜畦或稻田。我没有带花来，小儿给我的一朵黄花在我手中，也没有放下去。

穿上皮鞋就要走了，我蓦然想起怎的我所渴慕的谒佛就完结了呢！我还毫无所得呢！

我谒佛之后不如在Djibouti看了黑小孩之有所悟。我也知道，佛就是这样的见生老死病而悟道的。

（选自《归航》）

北京乎

北京乎！别来五年了。

经过丰台以后，火车着慌，如追随火光的蛇的急急游行。我，停了呼吸，不能自主的被这北京的无形的力量所吸引。

一片绿色中远见砖砌的城墙隐现，而黄瓦红墙的城楼并耸在绿叶的波涛中，我能辨别这是正阳门，这是紫禁城与别的一切。

回忆离京时，行至东华门边，我对二哥说，我舍不掉北京的伟大。我很不能抑制的想念了五年，现在，侥幸的又得瞻仰他而濡染其中了。

在绍兴县馆中，大清早醒来，老鸹的呼声中，槐花的细瓣飘坠如雪，两株大槐树遮盖全院，初晴的日光从茂密的枝叶缺处漏下来，划出轻烟颜色的斜线，落在微湿而满铺槐花的地上，留下蛋形与别的形状的斑纹。新秋的凉爽就在这淡薄的日光中映照出来，我投怀于我所爱的北京。

离别以后，我曾屡登阿尔卑斯高山，我曾荡漾在浩瀚的印度洋中，固然，我不能懂得他们的好处，但阿尔卑斯山的崇高与印度洋之广大远过于北京城，这是无疑的。然而我不因他们而减少对于北京城的崇高与广大的爱慕。

回忆初到北京时，出东车站门，仰见正阳门楼昂立在灯火万

盏的广场中，深蓝而满缀星光的天，高远的衬托在他的后面，惯住小城的我对之能不深深的动感呢！

在北京大学中我望见学问的围墙，而扩大我的道德者是这庄严宽大的北京城。

我以前没有见过如北京所多的长街。小城市中所称为大街大路的都可从这一头望见那一头，而所谓大者，就是说有一来一往的人相遇可以不擦肩不踏破脚趾而已。北京的长街望之如没有尽头的，只见远远的消失在隐约中，徒令人恨自己目力之不足。左右又很宽敞，使因为闷在井底一般的小城中而呼吸急促的我扩大了胸腹。北京的天永远是这样高的，为长而宽的北京的街道凑趣。

我之所以爱北京的原因还不只此哩。北河沿的槐树与柳树丛中我常于晚间去散步，枝条拂我的头顶，而红色的夕阳照在东安门一带的墙上，使我感觉自己的渺小，于是卑劣社会中所养成的傲慢完全消融了，然而精神上增加十分的倔强，我从此仍旧觉得自己的高大了。

那时的每礼拜早晨，我与二哥必往教育部会场听杜威先生的教育哲学讲演。冬季的寒风侵面，且带灰沙，我们步行经北上门，穿三海，望见北海中结着雪白的冰，而街上的水车所流出的水滴结成琳琅。这种一切都给我警惕。

以前的城南公园中我曾读过书。暑假时节，我与二哥夹书同往，早晨的太阳已颇猛烈了，我们就钻入紫藤棚中。北京的特色，一到荫中就生凉风。这花荫卫护读书的我们，直至晚上。

我现在来重温旧梦，而且将以我的微力表现他改善他，增加我及一切市民对于北京的好感。

北京乎！我投怀于我所爱的北京。

一九二五年八月十三

（选自《北京乎》）

春　雪

　　我之所以久留北京者，想看北京的雪是一大原因。在南方，天气太热，或者一年竟没有雪的，有时，下着积不起来，而且常常下不多厚，被雨水冲去了。因此我愿在多雪而雪不易消融的北京等候他。可是，等候着，等候着，我爱的雪还是没有来。上海的来信说已在下雪了，北京还没有；甚且里昂人见雪的消息也已送到了，北京还是没有雪。我虽不能精密的解析，我相信，我在北京的怠惰，就是这种失望造成的。

　　前几天，日光骤然的骄红了，春风跟着鼓舞，好在风筝来得热闹，我决计抛弃对于雪的想望，全副精神的等待春色了。

　　春的第一声是梅花报来的，他在铁劲的骨格上化出轻飘的花瓣，活的珊瑚似的放射他的生命。日光柔抚他，春风滋养他，一朵又一朵，一枝又一枝的培植得春光十分的热闹。如此鼓舞，又如此勉力，一秒之间也显得极大的滋长，你看，等花影投到花房壁上，花的本身又有几朵新开了。

　　真是不及料的，当我欣赏春色的时候，我爱而又久待的雪到来了。

　　我到中华门面前，大的石狮上披着白雪，老年人怕雪而披雪兜，他却因爱雪而披上雪做的兜。他张了嘴不绝的笑，谁说只有小孩是爱雪的？乌鸦们尽在树上乱喊，我知道，他们是没有吃的了，然而他们看了这公平的分与大众的洁白，他们诚心的快乐，与他人一样。人们就从此颂祝雪后快来春日，再与乌鸦一同去欢迎。

二月十七日

（选自《北京乎》）

今夜月

大清早上与诸位讲夜的事情，未免十分的得罪；然而今夜是有特别意义的，所以不惜来荒废您所要计划今天一日大事的时间了。我宁可下次在黑暗的夜里再来与您讲光明的。

我是初来北京的，却要在诸位老北京之前介绍一件北京的东西，这是我很自负的。

诸位中有忙有闲，不是一律，然而我相信诸位一样的不注意"师兄"的长大与他每天对于善或恶的趋向。不但如此，您还没有注意每天的月的盈亏。

北京的屋宇并不算高，但你我挨挤在一起，而且大家像犯了罪的都拘禁在围墙中，以致月色不能透入，于是不再记得月的大小了。最柔和的是新月，在淡绿的天中，嫩黄的一弯，如小桃的新叶，然而此时人们正忙着谋晚餐，没有余力在将落的日光中来注意他。最哀艳的是阴历月梢后半夜初出的缺月。在四周静寂甚或夜寒凛冽中，他起来，起不多时就要被太阳夺去色彩的，此时人们正在昏梦，我想诸君中未必有人看过几次罢。但我现在要介绍给诸位的不是那种月，是圆满，皎洁而且容易看到的今夜月。

您住在南城吗？您该往先农坛或游艺园的水边。万一您十分的忙碌，也该在经过前门时停留几分钟。汽车的号声照常的威吓您，洋车夫照常的叫你"里走"，火车站汽笛照常的引起你忙乱之感，然而你将看见东面起来一个大而且圆的月，为平日所没有的。您平日刻刻防备仇人用毒计陷害您，此刻，在这青淡的月光中，您当有纯洁与安静之感，您自然的放下心机，不愿防备了。而且，在这光中，您的仇人也受感而不想欺侮人了。您那时会明白，月光是不分等次的普照一切恩人与仇人的。怕看他人凶恶的面庞时，最好对镜看看自己的，您会发现原来自己恼怒时的面庞也是这样凶恶的；以人心凶恶为可恨的人，能在月光下照见自己的心的凶恶，看月是洗涤心肠的好方法。

您住在北城吗？京兆公园什刹海都是看月的好地方，然而最好是在北海。晚上六点钟以前，你走到琼岛的塔上，如海的缥缈而且有绿波的北京，罩在暮霭中，看太阳渐渐的落去。你要注意，在看太阳的时候，必须刻刻回顾东面，青天之下，红紫的薄幕之后，比什么日子都大的圆月缓缓的起来了。天色渐暗，月色渐明，你的目力所能及的地方，都受月光的照临，而你的心也照临在一切的人之上了。你下山来，过桥，沿北海，在濠濮间的前面，你会看见，高大的柳枝中间，白塔的旁边，一轮明月照临水上。水边漪澜堂的灯火丛中，游人攒聚着等候花炮的起来。

诸位要问我为什么特别介绍今夜月，我大略的可以告诉你们的。我不单为今天是兔儿爷的生日，不单为今天的月球与地球最近，我为的是从我们的远祖起，每年在这一日留下些特别的感情，造成不可磨灭的事实，数千年来古今人所瞻望所歌咏的就是这个月，而且这寒热得宜，桂子香飘的时节看这圆月，不是昨天或明天的所能比，也不是上月或下月的所能比的。

您不要为了贪吃月饼而懒得出去看月。看了月回来吃月饼不晚,兔儿爷给你好好留着的!

十月一日

(选自《北京乎》)

故宫博物院

十四年的国庆日已过，不知各人有何感想。我却于这一天觉得比以前各次的纪念有意义多了。

中华民国在这十四年中的委靡不振，实在可以使武昌起义的一件事失掉意义，我也要同情于不愿纪念十月十日的人了，然而我觉得这十四年中有两件大事是中华民国的光荣，而且只有这两件大事是使武昌起义的十月十日有纪念价值的。这两件大事第一是民国元年的优待清室条件，第二是十三年的勒令溥仪出宫。

各国的造成共和政体及大小的政治革命，与中国历来朝代的改换，那一个是像创造中华民国的不费刀与血的？这一件事是很使许多人觉得不痛快的，而且以民国之委靡不振归罪于此。我以为清帝既已退避，承认不来加害于民国，而尚必置之于死，不免有亏人道；而且戚戚然防他再有祸患，似乎是不相信自己所持的真理了。我们应该记得，我们是政治革命，不是专欲加害于皇帝的生命。留他在故宫中，使人时时纪念民国以前的情状，而使民国的根基更是稳固。那时的废帝年幼，不能自立，况且是逸乐惯的，所以给他钱，名之曰优待，很可明白这件事情的意义。这是民国史上的伟业，也是一件趣事。

我赞成优待清室而更赞成驱遂溥仪。几次的复辟运动已使优

 | 孙福熙散文精选 |

待的意义完全消失，并不绝对的怕他有害民国，实在他已不必怜悯了。这是不必用什么解释就可明白的。

到了现在，本来不必再来唠叨这种话，但去年很有不以勒令出宫为然的人。那时我不在国内，没有将这个意思说出，而且现在还有不以纪念十月十日为然的人，所以再来提一提。在革命时我不过是一个十余岁的小孩，什么也不懂，然而我敢尊重十月十日，因为我也尊重未曾亲见的美国、俄国的共和。

此次赶出溥仪，开放故宫，使以前优待清室的意义更加彰明。只因为不得不赶他出宫的缘故，使这一所博物院缺了活的实物，这是很可惜的。

我想，倘若在今年的国庆日游故宫博物院之后，还觉得十月十日之不必纪念，我不相信。

诸位在故宫中也与乡下老妇游逛时之随口称赞皇帝家中的富有罢？是的，现在富有的不是皇帝而是您了，您有这宫中的一切东西。您的所有权与皇帝的不同，他被赶以后就失权了，您是没有谁可以来夺的。

您明白是这许多东西的主有者以后，回想以前日夜的盘剥他人，或为了一个铜子而吵闹，觉得没有意思罢？

倘若您在散氏盘上打破一角，或者在三希帖上扯下一条，您会觉得，不但你损失了这件东西，这要使无论那一个人都受到损失，拐脚的老太婆可以拿起桃树杖打你，污泥满面的小孩可以咯出口沫唾你。然而你还是这一切东西的主有者，不过你没有毁损无论那一样东西的主权。

你知道了这种事实就明白十月十日之应该纪念了。这种权利是民主国的国民所有的,而十月十日是我们变为民主国民的纪念日。

我常想劝人去默想,一个人关了房门去想,离了城市去想,最好的是在乡僻的寺院,更好是在数百里没有人迹的旷野,到那里去看镜中的自己,去记忆以前所见过的人。这样的想几天,想几月,最好想几年,此后再回到人群中,未必如以前的自私凶残与狡诈了。然而不肯又不能静想的人最好让他到人数最密的公共场中去。在那里,他会看见除他的父母妻子同事顾主以外还有这许多人,他们的衣服,年龄,面貌等等都这样的不同,然而各与他同样的占有空间,又各与他同有到这公共场中来的权利。倘若此后对于他的父母妻子仍然自私,凶残与狡诈,不免太偏,而且,如果这许多人都如他待人的待他,将不可抵挡,于是得到共和国民平等的精神了。

四千余年的中国文明自然也可以夸耀的,然而四千余年的重担压得转折不灵,所以,虽然是民主国,还是老少相恨,贫富相恨,男女相恨,不恨的也相互轻视,造成许多阶级,这是因为久年的压制后而且还是毫无训练之故。这样大规模的博物院在中国是首创的,大家可以在那里开始做这种训练,而且看看这许多年来帝国的遗骸,用了这个做参考,从新建立政治文艺的基础。

夕阳斜照故宫的黄瓦红墙,各人知道时间之不留,所以匆匆跑着看,我们在这心情中亦知人生正与这夕阳一样,在这深刻的故宫印象中,我们欲留下我们的事业。

十月十一日

(选自《北京乎》)

出　游

宗杰：

你是好游的，我愿同你讲讲我去年在里昂时的游兴。

在那里的时候，每年暑假我必到山中或海边旅行，而且每逢礼拜日，只要没有约会或紧要的事务，我也必到乡间去散步。有时天气不好，我还是要出去，一则因为天气不好，所以在家愈觉沉闷，二则看看变态的天，是很难得的。你或者想我是太风雅罢？这不然，在法国，即使是面包工人，洗衣女子等等平常人，只要轮到他们休假，他们就去游玩。不过我有几次是有意到游人较少之处。

去年这个时节，我与方曾二君同去游山，真是快乐，那一天是重阳节，所以我们约定去登高。对你老朋友不妨老实说，因为我不必防你误解的，我不肯为了要革新而绝对抹煞旧事的好处。旧历虽然废去，出游究竟是好事，我们尽不必强迫自己忘记那一天是阴历的九月初九。你知道，在四周没有附注阴历月日的历本时，苦心的去探问那一天是重阳，这是与在各种书籍上查某学者的生平是一样有兴味的。适巧这一天大家没有功课，所以我们决计登高去了。自然，我们虽然说登高，决不想学避难的故事。倘若你不以我的话为然，那末我要反问你，你不是礼拜日不去上课吗？难道你是耶教信徒吗？

那天是浓雾，在直往乡间的电车中，玻璃窗上罩了一层薄幕，使我们不见一路风物的丝毫。到了 Vaugneray 山中，我们下车来，薄雾已去，蓦然见到远近的山色村景，微红的朝日照在我们身上，又加清风的飘动，使久闷车中以后的我们如此惊异。在里昂，凡这样的早雾，日中一定是晴明的。曾君用了他的习用语说"实在好！"而方君抚华不如平日的戏笑他，却庄严的说了一句"真的实在好！"表示曾君所说的不是过当。真的，在我的许多次的野游中，这一次是最动感了。长久关在四面厚壁的当中，只有一个或半个洞，间或来换一换实突突装在这块立方中的气体的一小部分，弯了腰想问题，因为精力不足，虽然是很容易的，也想不出答案了。在这样"坐关"以后看见大气，实在有新鲜感觉的，这不仅是心理上，大部分的还在生理上的好处，而且这是先感受到的。中国骂我们学生不肯用功的声音够响了，我们只得来叫出游了。你知道，坐在房中用苦心的时候，偏有雪片似的日报周报月报飞进来，说我们太不用功，太爱游逛，我敢说，一个赤贫的乞丐被骂为骄奢逸乐，也没有这样的难忍罢。自然，野游的快乐在于勤工之后，非游荡者所能懂得的。

我们拿了手杖，沿着不认识的大路进行。大家都穿轻便的夹大氅，戴便帽，不怕被风吹落，还便于从荆棘中钻进去。方君最爱于旅行时用皮裹腿，我也有我爬山惯用的钉齿皮鞋。我们各讲家乡在重阳节的风俗，我屡次想到绍兴登高的龙山。正在歧路口犹豫的时候，有一人从后面上来了，于是我问他到 Yzeron 去的路径。他说他正是到那里去的，同他走好了。两条路都是可走

的，不过走下面较近。

他在皮袋中掏出地图来给我们看，从山坳经过许多小村，直上就是目的地，而他还要沿高岗由南山下去，这样绕一个圈。他立刻推测到我们是中法大学的学生，他知道我们常有电报，因为他是电报局的局员。他利用这一天轮到他的休息日，专来跑山路，虽然他不知道有所谓重阳的。

路边的槐树与栗树的叶色正在转黄了，山中静寂，时闻落叶到地的声音。小鸟枝东枝西的唱和，他们恨秋景将残，所以有意加工。听到这种声音，我们知道催人努力的老年人们的方法是何等拙劣呢。

走至将到目的地时，因为是爬山两小时余之后，微汗出来了，全身暖热，而且胃口大开了，这位电报局员要吃他皮袋中的面包了。我们平时看吃饭为随便的事或竟认为讨厌的事，在这时节，我们也急于饮食了。然而我们原定到村中买酒或汽水的，所以没有带来，于是不能与这位法国人一同坐下。

一条溪水在山径旁流过，他的来路与去路都隐在丛叶中，但几天下雨之后，故水甚清而旺，听他从很远的地方流来，又流到很远的地方去，我们看中这条水了。走几步过去，矮树丛的后面，满枝果实的苹果树旁边，绿草上几段树干上，我们坐下吃饭了。虽然没有酒或汽水，听了清亮的水声已经止渴了。

宗杰，野餐真有味呢。第一个特点是有一味清纯的大气，倘若说我这话太渺茫，那末野餐之所以这样美眛者是什么缘故呢？或者是我还带了野蛮的遗传之故罢，我爱野餐甚于围在四壁中间吃饭，似乎，只要看见树枝或草地，虽然所吃的无非是干面包冷牛肉与果子酱一类东西，觉得兴致大不相同了。

其实我所讲得天花乱坠的法国风景远不及我们的家乡，而我们的家乡在中国是不算什么的。因此，他们与我都是渴望于回来周游中国的。我很想瞻仰蜀山之奇伟，方君最梦想西湖，未曾到过，而久醉西湖的曾君觉之告他说，不亲到过，没有方法来想象西湖之美的。我们商量将来组织一个全国旅行团，尤其应该在云南，西藏，青海，新疆，蒙古至东三省绕一个圈，我们学生物的采取动植物标本，学文学社会的记录社会状况，学图画及会照相的摄取各地景物，各任一职，共同进行。只有一个困难问题，全队中至少应该有一个学医的，然而这最困难，照经验所得，学医的几乎人人是很"精灵"的，真的，看来看去，尚未得一个学医的肯做这种傻事。因此我们只得买几部日用医学须知书各人都学些，大概，受寒，发热，头痛，出血这几种使药是颇容易的。现在可以问问你，你有这种学医的同志否？将来旅行告终，把各团员的记录编辑起来，可印专书，这种报告，我可以自信决非以前所有，对于将来种种社会事业是很有益的。

我们还想在各地设立旅行招待所，改革现在龌龊与凶横的旅馆，某城市范围内与附近有什么古迹风景或工商机关可游，轮船火车轿马之雇用，均由招待部指导而且负责。最紧要的一句话，我说得小一点，全中国交通便利的时候，一切必呈新的活气象，战争可免，生产可丰，金融可流动，你我的疆界可消失，国民的智识可提高而推广，那时，决不是现在沉死的中国了，这是我可预定的。

到现在，回国已九个月了，我简直还没有游过，看街上槐叶

变色，我不得不追念去年的重阳了。我特来告诉你，我的这个想望不是今年开始空架蜃楼，我早就这样想的。

去年的快乐还不只此哩，我们饭后到苹果树下拾起美丽的果子吃，这时面包牛肉等等已经吃完，皮袋已空，所以一路拾梨栗苹果放在袋中，满满的背回来。后来，煮栗子吃了四次，苹果梨子除生吃外，做了两次果酱，几位不去的朋友们尝了都说"实在好"。

我们爬到山上村镇中，在咖啡店门前，白石的小圆桌旁边，我们坐下。太阳穿过疏疏的花棚，照在我们上面，已经觉得可爱了。

我们拣了本地的风景片写寄一位薛君，他是在高山中的Autrans村养病的。我们说可惜今天没有他与Ho，He，Ho，他同我们在Chambery游山时遇见女学生旅行团一大队，其中有许多人与我们谈话的，因为不知道他们的姓名，所以就用他们所唱的声音为名。

我们又往村后的高山上去，深绿的柏林很是茂密，根处的凤尾草已大半枯黄，我们尽管带拨带钻，希望他是有几里路的深。风过时呜呜有声，我总愿设想这是老虎来了。我们想在这里练习，养成往西藏新疆去探险的精神。到山顶上，有一个圣母像，回顾四周，山峰都在我们脚下，然而这还不是我们精神的终点，因为前人已经走到这个高度了。

坐公用自动车绕道下山，我们再三的说下礼拜还要来，而且冬季要来看雪。电车在村中等候，不是专等候谁的，却等候无论什么按时到来的人。我们笑迷迷的坐着，因电车的振动而摇摆，很亲切的重阅脑中今日所得的新印象，到现在我还没有忘记那时的快乐。

好游的宗杰，重阳到来了，你将怎样的利用呢？明陵的红叶将默默的落去，你忍心不去说一声再会吗？

福熙

十月二十三日夜

（选自《北京乎》）

中央观象台记游

以十二分的虔诚，想达到我多日来的想望，我从城西远道去参观东南隅泡子河的中央观象台。虽然算不得怎样的远道，可是，在房屋渐渐的稀疏的景象中屡次看表，总还没有到，呵，真如升天之难呵。

进门，一片广场，我疑心这是大地，而我已在天上俯临一切。因为我明白的看见一丛一丛的绿树点点都在我的脚底了。然而抬头见观象台巍然耸立，我还在平地；所见的绿丛只是三尺高的所谓扫树罢了。

观象台长高曙青先生陪伴我们，在阶级上的步履声中，我们渐渐的远离人世而与高先生日夜亲近的大世界去接近了。

两腿的筋肉疲劳起来时，豁然开朗，而大地如一幅缩图的全在脚下了。在温和的太阳光下，微风吹来，收干因为登高用力而透出来的薄汗。高先生斜举右手，镇静而且和蔼的说：

"庚子的一年，德法两国的军队同时占据此台，所以议定两国对分，他们就把这里的仪器全搬走了。德国自己的船多，就将所分得的五具运载去了。法国没有船，要求政府指定专船来运，那时法国召集阁议，谓这等仪器不该取来，应当原样归还中国，因此暂存在法国使馆的仪器又送还来了。直至欧战终结，巴黎会议决定，德国夺去的须归还中国，于是中国固有的天文台回复原状了。不过，你们看，凡依次双数的四架较为黝黑，这是出洋与回国时受了海风中盐质的侵蚀之故，未出洋过的四架不是如此的。"

按此台之建立远在八百年前，其所陈列仪器八种：1. 赤道经纬仪，2. 纪限仪，3. 地平经纬表，4. 地平经仪，5. 黄道经纬仪，6. 天体仪，7. 象限仪，8. 玑衡拱辰仪。其中第三种为一七〇五年所制，第八种为一七四四年所制，余六种皆一六七四年（康熙十三年）所造。此外还有浑仪简仪晷表三种则一四三七年所造，本均放在台上，自从现在所放的仪器造成，就将他们换下了。

以上所说都是历史上的东西了。现在各科中所应用的都是外国名厂中购来者，如中星地平仪为德国 Carl Zeiss 厂所造，多能经纬仪为德国 Carl Bamberg 厂所造，回光镜与三棱镜顶距仪均为法国出品，而守时所用的时计，则有德国 Deucker 第九九号，伦敦 Kelvin and James White 第八一七八号与瑞士 Nandin 多种。

其他有民国四年成立的气象一科，所用仪器为 Fortin 水银气压表与 Tonnelot 水银气压表，空盒气压表与 Negrettc 及 Zambra 最高最低温度表等等多种。这种都是购置的，还有自制的有测云竿，水量蒸发计，风力计与雨量计等。

在气象场中置测云镜，日照计，太阳热力计等。

从这种种仪器，每年出版观象岁书与我们大家所依据的民国历书。而且每日有天气预报，早晚两次；还有全国气象图则于晚间五时前公布。

又预计在西山碧云寺山上设立圆顶赤道仪室与子午仪室。建

一专研究天文物理之观象台，详细载在《中央观象台之过去与将来》书中，并插有精图甚多，此书法英中三国文字并列。

　　在中国，大家觉得十分忙碌似的，而追究成绩，没有一种事务是能尽量发展的。我参观观象台，知道高先生等能与世独异，尽力于他人以为不急之务。这是真正研究学问的态度，也惟有这种态度能够得到真正的兴趣。

十一月二十七日
（选自《北京乎》）

清华园之菊

归途中，我屡屡计画回来后画中国的花鸟，我的热度是很高的。不料回到中国，事事不合心意，虽然我相信这是我偷懒之故，但总觉得在中国的花鸟与在中国的人一样的不易亲近，是个大原因。现在竟得与这许多的菊花亲近而且画来的也有六十二种，我意外的恢复对我自己的希望。

承佩弦兄之邀，我第一次游清华学校，在与澳青君一公君三人殷勤的招待中，我得到很好的印像，我在回国途中渴望的中国式的风景中的中国式人情，到此最浓厚的体味了；而且他们兼有法国富有的活泼与喜悦，这也是我回国后第一次遇见的。

在这环境中我想念法国的友人，因为他们是活泼而喜悦的，尤其因为他们是如此爱慕中国的风景人情的。在信中我报告他们的第一句就说我在看菊花；实在，大半为了将来可以给他们看的缘故，我尽量的画了下来。

从这个机会以后，我与菊花结了极好的感情，于是凡提到清华就想起菊花，而遇到菊花又必想见清华了。

在我们和乐的谈话中，电灯光底下，科学馆，公事厅与古月堂等处，满是各种秀丽的菊花，为我新得的清华的印像做美。然而我在清华所见的菊花，大部并不在此而在西园。

广大的西园中，大小的柳树，带了一半未落的黄叶，杂立其间，我们在这曲折的路径中且走且等待未曾想像过的美景。走到水田的旁边，芦苇已转为黄色，小雀们在这里飞起而又在稍远处投下。就在这旁边，有一道篱笆，我们推开柴门进去。花畦很整齐的排列着，其中有一条是北面较高中间洼下的，上面半遮芦帘。许多菊花从这帘中探头向外，呵，我的心花怒放了！

然而引导者并不停足，径向前面的一所茅屋进行。屋向南，三面有土墙，就是挖窝中的泥所筑的，正可利用。留南面，日光可以射入。当我一步一步的从土阶下去时，骤然间满室高低有序的花朵印上我的心头，我惊惧似的喘息，比初次对大众演说时更是害羞，听演说的人的心理究竟还容易推测，因为他们只是与我仿佛的人；而众菊花则不然，只要看他们能竭尽心力的表现出各个的特长，可见他们不如大多数人的浅薄的，我疑惧他们不知如何的在窃笑我的丑陋呢。可是，我静下心来体察，满室的庄严与和蔼，他们个个在接纳我。在温和而清丽的气流中，众香轻扑过来，更不必说叶片的向我招展与花头的向我顾盼了。于是我证明在归航中所渴望的画中国花鸟不只是梦想了。

等我上城来带了画具第二次到清华时，再见菊花，知道已变了些样子，半放者已较放大，有几朵的花瓣已稍下垂了。我着急，知道我的生命的迫促，而且珍惜我与花的因缘之难得，于是恨不得两手并画恨不得两眼分看的忙乱开工了。

可是，我敢相信第一次拥抱爱人时所发情感的话痒：满心包围着快乐的畏惧，想立刻得到安慰，又怕亵渎了爱人的尊严，我对于我所爱慕的花将怎样的下笔呢！我深深的体味：此后，这样富有的花将永远保藏在我的纸上，虽然不敢说他将为我所主有；然而我将怎样能使他保留在我的纸上呢？我九分九的相信我不能画像他。试想一想，在一百笔二三百笔始能完成的一幅画中何难有一笔两笔的败笔呢。所以，在这短促不及踌躇中我该留神使这一二百笔丝毫没有污点，我敢说，这比第一次拥抱爱人时之戚戚为将来一生中的交际的污点而担忧者更甚了，因为时间是这样的短促，于是，虽然很急，却因为爱他而不敢轻试，我尽管拿了笔擎在纸上不敢放下去。

我虽然刻刻竭力勉励从阔大处落墨，然而爱好细微的性质总像不可改易的了。在这千变万化奇上有奇的二百余种的当中，我第一张画的是"春水绿波"：洁白的花朵浮在翠绿的叶上，这已够妩媚的了，还有细管的花瓣抱蕉黄的花心而射向四周，管的下端放开，其轻柔起伏有如水波的荡漾；我不怕亵渎他而在他面前来说尘埃：无论怎样巨细的秽物沾在他的上面，决不能害他的洁白，因为他有他的本性，不必矜夸而人自然的仰慕它，所以也决不以外物之污浊而害真。我竭尽心目的对他体味，自信当已能领会他的外表不九分也八分了。可是我失败了，明白的看得出，在我纸上的远不及盆中的——虽然我曾很担忧，因为我的纸上将保藏这样灿烂的花，非我所宜有。然而现在并不因失败而觉得担负的轻松。

镇静了我的抱歉，羞愧与失望的心思，我想，侥幸的花张起眼帘在看我作画，也决不因我不能传出他的神而恼怒的罢，我当如别的浊物之不能损害他是一样的。看了他的宽大与静默，我敢妄想，或者他在启示我；羞愧是不必的，失望尤其是不该，他这样装束这样表现的向人，想必不是毫无用意的。于是我学了他静默的心，自然的有了勇气，继续画下去了。

这许多菊种于我都是新奇而十分可以爱慕的，在急忙而且贪多的手下将先画那几种呢？每一种花有纸条标出花名。"夕阳楼"高丈余，宽阔的瓣，内红而外如晚霞；"快雪时晴"直径有一尺，是这样庞大的一个雪球，闪着银光；"碧窗纱"细软而嫩绿，丝丝如垂帘；"银红龙须"从遒劲的细条中染出红芽的柔嫩……满眼各种性质不同的美丽，这与对一切事物一样，我不能品定谁第一，谁其次，我想指定先画谁也是做不到。于是我完全打消优劣的观念，在眼光如灯塔的旋转的时候，我一种一种的画。

高大的枝条上，绛红的一周，围在一轮黄色的花心外，这是很确切的名为"晓霞捧日"的。他的红色非我所能用我可怜的画盘中的颜色配合而摹拟的。他最不愿有人世所有的形与色，却很喜欢有人追过他。少年人学了他的性质，做成愈难愈好的谜语要人去猜，人家猜中了，他便极其高兴。

我要感谢侍奉这种菊花的杨鲁二君，并且很想去领教他们的经验，特请一公兄为我请求。

四点钟以后，太阳渐渐的从花房斜过，只留得一角了，在微微的晚寒中我忙乱的画着。缓得几乎听不出的步声近我而来，到了我近旁时我才仰起头来看他，这就是种这菊花的杨寿卿先生。

眉目不轩不轾，很平静的表出他的细致与和蔼，从不轻易露出牙齿的口唇上立刻知道他是沉默而忍耐的，而额角以下口鼻之间的丝丝脉理是十分灵敏，自然的流露他的智慧，杨先生或指点或抚弄他亲爱的菊花，对我讲他培养的经验。

他种菊已五年了，然而他的担任清华学校职务是从筹备开办时起的。他说："每天做事很单调也很辛苦，所以种种菊花。"辛苦而再用心用力来种菊就可不辛苦，这有点道理了！

我竭力设想他所感觉到的菊花，然而这是怎么能够呢。他是从菊花的很小的萌芽看起的，而且他知道他们的爱恶，用了什么肥料他们便长大，受了多少雨水与日光他们便喜悦，他还知道今年的花与往年的比较。我是外行人，就是辨别花的形色也是不确实的；而他们要在没有花时识别花的种类，所以他只要见到叶的一角就认识这是那一种了，这与对家人好友听步声就知道是谁，看物品移动的方位就知道谁来过了是一样的。

每天到四点钟杨先生按时到来了。他提了水壶灌在干渴的花盆中，同时我也得到他灌输给我的新智识。

我以前只知道菊花是插枝的，倘若接枝他便开得更好，有的接在向日葵上，开来的菊花就如向日葵的大了。现在知道菊是可以采用种子的。插枝永远与母枝不变；而欲得新奇的花种非用子种不可。

这里就有奇怪的事了，取种子十粒下种，长起来便是不同的十种。可是这等新种并不株株是好的，今年四百新种当中只采了二十余种。不足取的是怎样的呢？这大概是每一朵中花瓣大小杂乱，不适合于美的条件统一匀称，所谓不成品是也。不成品的原因大概在于花粉太杂之故，所以收种应用人工配合法。

"紫虬龙"那样美丽的花就是配合而成的。细长直管的"喜地泥封"与拳曲的"紫气东来"相配合，就变了长管而又拳曲，如军乐用号的管子，这样有特性的了。他的父母都是紫色的，他也是紫色。倘若父母是异色的，则新种常像两者之一或介于两者之间，但决不出两者之外。因为他们在无穷的变化中也有若干的规律，所以配种当有制限了。大概花瓣粗细不同的两种配合总是杂乱的，所以配合以粗细相仿者为宜。

花房中，两株一组，有如跳舞的，有许多摆着，杨先生每次来时，拿了纸片，以他好生之德在各组的花间传送花粉。据说种子的结成是很迟的，有的要到第二年一月可收。我推想这类种子当年必不能开花的了，讵知大不然，下种在四月，当初确实很细弱，但到六月以后，他们就加工赶长，竟能长到一丈多高与插枝一样。

凡新种的花一定是很大的，不像老种如"天女散花"与"金连环"等等永远培植不大也不高者。可是第一年的花瓣总是很单的，以后一年一年的多起来：而在初年，花的形状也易变更，第一年是很整齐的，或者次年是很坏了，几年之后始渐渐的固定。

我很爱"大富贵"他正在与"素带"配合。牡丹是被称为富贵花的，然而这名字不能表示他所有性状的大部。我要改称这种菊花为"牡丹"，因为他有牡丹所有一切的美德，他的身材一直高到茅屋的顶篷再俯下头来，花的直径大过一尺；展开一瓣，可以做一群小鸟的窠，可以做一对彩蝶的衾褥。我也仰着头瞻望他，希望或者我将因他而有这样丰满这样灿烂的一个心。我明白，他不过是芥子的一小粒花蕾长大起来的，除少数有经验的以外，谁想到他是要成尺余大的花朵的。到现在，蜜蜂闹营营的阵阵飞来道贺，他虽静默着，也乐受蜂们的厚意。杨先生每晚拂刷"牡丹"的花粉送给"素带"；他身上是北京人常穿的蓝布大褂，然而他立在锦绣丛中可无愧色，他的服装因他的种菊而愈有荣誉了。我可预料而且急切的等待明年新颖种子的产出，我敢与杨鲁二先生约："你们每年培植出新鲜颜色的菊种，而我也愿竭力研究我可怜的画盘中的颜色，希望能够追随。"这样两种美丽的花，在我们以为无可再美的了，不知明年还要产出许多的更美的新种，我真的神往了。对大众尽力表现这等奥妙是我们"做艺"的人的天职；在不可能的时候，我们只有尽心超脱自己，虽然我是不以此为满足的。

　　一人在远隔人群的花房中，听晚来归去的水鸟单独的在长空中飞鸣，枯去的芦叶惊风而哀怨，花房的茅蓬也丝丝飘动，我自问是否比孤鸟衰草较有些希望。满眼的菊花是我的师范，而且做了陪伴我的好友。他们偏不与众草同尽，挺身抗寒，且留给人间永不磨灭的壮丽的印像。我手下正在画"趵突喷玉"，他用无穷的力，缕缕如花筒的放射出来。他是纯白的，然而是灿烂；他是倔强的，然而是建立在柔弱的身体上的，我心领这种教训了。

与杨先生合种菊花的鲁璧光先生正与杨先生同任舍务部职务的。每天正午是公余时间，轮到他来看护菊花。有一次，他引导几位客人来看菊，同时看我纸上的菊花，他看完每页时必移开得很缓，使不露出底下一张上我注有的花名。很高兴的，他与客人看了画猜出花的名字来，他说："画到这样猜得出，可不容易了。"

　　当时我非但不觉得他的话对我过誉，我要想，难道画了会不像的？所以我还可以生气的。我自己所觉得可以骄傲的，我相信，在中国不会有人为他们画过这许多种，我对他们感激，而他们也当认我为难逢罢。

　　临行的前夜，我到俱乐部去向杨先生道别，他在看人下棋。这一次的谈话又给我许多很大的见识，其中有一段，他说："北京曾有一人，画过一本菊谱。"我全神灌注的听他了。他继续说："他们父女合画，那是画得精细，连叶脉都画得极真的。因为每一种的叶都不同，叶子比花还重要，花不是年年一样的，在一年内必定画不好。所以要画一定要自己种花知道今年这花开好了，可以画了。那两位父女自己种花，而且画了五年才成的。"我以为我的画菊是空前的，然而这时候我无暇忏悔我以前的自满了，我渴想探问他，在那里可以见到这本菊谱，但我不敢急忙就说，于是曲折的先问：

　　"这位先生姓什么呢？"

　　"姓蔡的。"

　　"杨先生与他很熟识吗？"

"不熟识的。"

"能够间接介绍去一看吗？"

"我也只见过一页，那真精细，真的用工夫的呢。"

杨先生幼年时就种花，因为他的父亲是爱花的，而且他家已二代种菊了。

为什么自己以为是高尚以为是万能的人总是长着一样可憎的口鼻心思，用了这肉体与精神所结构的出品无非像泥模里铸出来的铁锅的冥顽而且脱不出旧样？菊花们却能在同样的一小粒花蕾中放出这样新奇这样变化富有一切的花朵，非无能的人所曾想像得到甚且看了也不会模仿的。有一种的花瓣细得如玉蜀黍的须了，一大束散着，人没有方法形容他的美，只给他"棕榈拂尘"的一个没有生气的名字；有一种是玉白色的，返光闪闪，他的瓣宽得像莲花的样子，所以名为"银莲"，其实还只借用了别种自然物的名称，人不能给他一个更好的名字。还有可奇的，他们为了要不与他种苟同，奇怪得使我欲笑，有一种标明"黄鹅添毛"者，松花小鹅的颜色，每瓣钩曲如受惊的鹅头，挨挤在一群中。最妙的他怕学得不像，特在瓣上长了毛，表示真的受惊而毛悚了，题首的图就是。"黄鹅添毛"的名字我不喜欢，乃改称他为"小鹅"。

有许多名称是很有趣的，这胜过西洋的花名，然而也有不对的。况且种菊者各自定名，不适用于与人谈讲，最好能如各种科学名词的选择较好者应用，然而这还待先有一种精细而且丰富的菊谱出现。

一班人叫中国要亡了，为什么不去打仗；一班人叫闭门读书就是爱国。倘若这两种人知道我画了菊花甚且愿消费时间做无聊的笔记，必定要大加训斥的。我很知道中国近来病急乱投药的情形，他们是无足怪的。其实在用武之地的非英雄的悲哀远比英雄无用武之地者为甚。现在的中国舆论不让人专学乐意的一小部分；因为缺人，所以各人拉弄他人入伍。实在像我这样的人只配画菊花的，本来不必劳这一班那一班人责备的——可是，我要对自己交代明白，我应该画他人不爱而我爱的菊花，一直画到老。我喜欢学他人所不喜欢学的东西，这将是我的长处。

做人二十七年了，以前知道有这许多菊花，知道这许多菊花的性情吗？我知道还有更多的事物为我所不知道的，就是关于菊花的也千倍万倍的多着，我想耐心而且尽力的去考究。宰平先生于讲起古琴时说北京各种专门家之多，可惜他们不说，没有方法知道他们。真的，我们在这富有的人海中感着寂寞感着干燥，可惜我们不知道愿意陪伴我们给我们滋润的人。我决定人间多着有智识懂得生活的人，不只是种菊一事。

十二月二十九日

（选自《北京乎》）

林风眠先生

今天特别的和煦了，晴空中鸽群的铃声盘旋着，报道春神重临了。

我得在这和乐的气象中认识新到北京的林风眠先生。

昨天，在厂甸的旧书摊旁遇见王代之先生，他说："我正想去看你。林风眠先生昨晚到北京了，他要我先来一说；明天他要去看你同令兄。"

我的眼前立刻浮出我们住的三间破屋，泥炉子，绿钵头，劈柴堆，酱油瓶这群体中将要插下一位新来的大艺术家，这样虽然未必会使他气恼，也未必会使我羞涩，但他不免要说到艺术，看了这个景象总有点不好，所以我连忙说："我去看他。"王君还屡说他们来看我，真使我着急。

玛瑙的鹦鹉，在古物架上，特别的耀目，还有一段老树雕刻的老人，颜面半掩，神奇莫测的立着，主人王先生引我们兄弟同进此室。

室内三人都起立了，中间笔挺的一位，黑发披下来，一直到肩头，微笑的面貌上，留着眉间几条薄薄的皱痕，没有外套的西服上，琥珀色的围巾，长条的披下来，颚部收缩向颈，好像在凝视胸膛时的样子，因此我得很清楚的瞻仰他的广额。王先生介绍

说：这就是林风眠先生。

在中国人中，这样的广额，我是第一次见；看了他的额，使我联想大音乐家 Beethoven。然而我决不在林先生前挂空招牌；这广额包涵林先生自己的独有的脑力，岂有什么人可以代表的。

——大家盼望林先生回国已经很久了！我说。

旁边是萧子升先生，介绍我们于一位极年轻的法国女子，听到说的是法国话，我的心何等的清快，而且飘飘飞到大陆的西端了。这位尊严秀逸的女子是林夫人。

——我本来就要到孙先生那里去的，林先生说。北京的舆论要以艺术家来办艺术学校，我想，我们应该协力，谋这事的成功。我还希望提高学生的程度。这里我还没有看过，不晓得；在上海，我看了一看，学生的程度比法国的差得多哩。现在我还没有去过学校，一切问题还不知道，第一个问题当是经费问题。

我暗暗的想，他不问世事的艺术家竟已晓得了在中国与别处不同，是有所谓经费也者的。倘若在法国，联席会议通过请某人为校长了，就派人到他住宅接洽；如果这位未来校长问到学校的经费，我设想，这一定是一个大笑话了。他不必问每月有几成可领，甚且不必问多少常年经费。教授讲师教员们的薪水各自拿了居民证到衙门去取的，你要为学校添买书籍仪器，每年费用若干，照例规定着，你只要将发票送去，不劳你担忧付不出的；学生应纳的费与学校无涉，各人自会缴到衙门去，没有什么讲义风潮之类的，有什么经费之可成问题呢。林先生拉下他艺术家的身分，抛下他久住外国的习惯，也肯顾到经费问题。然而，林先生，我用什么方法能够告诉你，在中国办学的大问题多哩，经费问题倒不在其内的。我想说，然而说出来好像不恭敬了，你是该做教授的，别宥先生早已说中了：中国人总是这样的，因为梅兰芳杨小楼唱戏好，于是舞台老板非要他们做不可。林先生，愈是大艺术家愈不应该做校长呢。"艺术家办艺术学校"；你听，舆论原以为非艺术家是可以做艺术学校校长的。我所以说大艺术家不该做校长者，因为在中国做校长所必具的技能必非大艺术家有的。什么技能呢？做校长应该有老板的技能，有刽子手，小热昏以及买空卖空的洋行买办的技能，倒是艺术的技能是随便的。然而这是题外的话了，暂且不讲。你是西席，东家们的喜怒是不大一定的，这倒要留意些的。你的秀劲的手画得出三五丈大的画幅，描画充塞天地的思想，然而你的手能用什么有力的画刷扫除你周围的浊物呢？

一人进来说，画箱已运来了，请林先生出去检点。——画箱运来很不容易呵！王先生说。箱子这样长，军人以为是什么军火了，一定要检验。税局也觉得奇怪，一定要上税。

画箱已经开了，我们一同去看。大画布在地上展开来，一幅"摸索"我在 Strasbourg 中国美术展览会里第一次看到的。看过一幅，林先生踏在画上，再放上一幅。他有主权踏自己的画，但我们旁人总是凛凛的害怕。

看画后又回到王君书房中，我问林夫人，

——我想，夫人到中国后不能有好印象吧？

——为什么呢？他回答，静得好，令人觉着这是在乡间呢。

——街道上很是紊乱呢，不过中国别处很有好景色的。

——在巴黎烦扰得不能工作。

——我刚才看了林君的画，又想念法国了，我想就去呢。个人的能力真小，我变到这样了，你们不能看出我曾受法国教育的呢。

　　说到这话林君王君又讲到这问题上去了：

　　——孙先生一定暂且不要走，请你在帮忙。

　　——我是很直捷的可以说的，我的到法国去是必需的；我的不久回浙江一次也是必需的；在未出京以内的几天，我必如我所能的帮助，无论什么时候尽管来叫我。只有自己最能知道自己，我在法所学不过四年，学油画的时间只有一年余，我是不会画油画的。我相信试过几日以后，你们必肯放我走的了。

　　我问林君在回来船上画有蔡先生的速写否，他说只有他所画蔡先生的画像。展开画布，一具希腊古琴前，现出蔡先生温雅的面色，欣幸这画像先蔡先生而到，聊慰我们的长想，旁边另一面貌，癯而刚，林君说，这是代表蔡先生的精神的，背景中有 Apollo 与两个 Muses 是表示蔡先生的希腊精神的。

　　林夫人还雕有蔡先生面像与侧影浅雕，立即去开箱取出，惜已压坏了。

　　窗子里射进统红的阳光，不久渐渐的淡下去，知是晚边了。

　　我们起立告辞了。倘若能够，永远在林先生旁边，濡染点艺术滋味，润润我燥烈的心；然而怎么能够呢。

　　已经到大门口了，伏园二哥说：

　　——林先生能够早日开一个展览会，大家必是很想望的。

　　——我也这样想，林先生说。

　　林先生，你究竟还像的是新从法国回来的。在中国是不宜这样说的。礼强制你，不允许你说自己的价值的。你去留心，他们处在你的地位时，必定说："展览会，这是不敢当的，只是老兄的盛意不好推却。"艺术家自然不怕什么礼的不允许，不过你将尝到种种不同的别的滋味。自然，我何等仰慕你的纯朴。我呢，一年工夫，已磨炼得不是我自己了。

街道上渐渐的昏黑起来的时候，圆月东升了，因为昨夜的迷濛，今天补偿以特别的皎洁。我祝祷，北京的月呀，永远熙临这对新来的艺术家夫妇！

孙福熙

二月二十八日

我恐怕有人会用俗眼来看，说是林先生雇我来捧场的。我呢，我却尽管担忧林先生将气我的瞎说。其实，我的捧场那里能增艺术家林先生的声价；我的瞎说，那里能动艺术家林先生之气呢。只有，这一层是大家可以相信的，我捧林先生增些我自己的身价。

熙

（选自《北京乎》）

欢迎一位园艺学家来北京

——对于农事试验场的批评——

窗户紧闭的室内，充满炉子所发的温暖，于是盆栽的梅花得毫无畏惧的盛开着。家人亲朋围坐室中，谈述中外古今的成败。在语音休止的静默中，听到门齿轧开瓜子的声音，听到口唇吸引茶水的声音。这是何等的亲切，又何等的清醒呵。然而这季节是过去了。

红红的阳光照在纸窗上，而且穿过玻璃，恼人的静想。小鸟们时来院中，忽在槐树上，忽在丁香间，他们的歌唱来敲窗子，欢迎你与他们同乐。于是我们的心浮浮的，不能关闭在室内，这心决不是炉火的温暖与瓜子香茶所能牵引的了。

我们想去看碧天红日，我们想在满树花朵的树荫的绿草上休息，我们想吸纯洁芬芳的大气。

适逢其会，老友李驹君从上海来北京了，他必能以他对于庭园的丰富智识，来批评北京的庭园，使正在渴想游散的北京市民得到地上的乐园，这是我欲为北京人而且为我自己欢迎李君的。

我记得五年前初到法国的时候，李君每天教我法文，此后五年来每读到他所教我的字我必想念他。最使我惊喜的，他屡屡讲述给我听布置庭园的理论与方法，我以前真丝毫不曾想到，关于庭园的布置有这许多大道理，而其方法又这样精密巧妙的。

李君毕业于法国 Versailles（凡尔赛）的国立园艺学校及国立殖民地农业学校后回国，已有三年了，而国人竟大家都像没有知道他的样子。这三年中，他在西湖家中静修了一年，此后两年则在上海法国工部局当园艺技师。听听！法国工部局。为中国培养人才而往法国求学的，回来任事却在法国工部局而不在中国。这位农学家，在他回国的三年中，除参观各地的农业设施以外，对于中国农业丝毫不能有所伸展。现在好了，他已辞去上海职务来北京考察，我们必能得他的多多指导。诸君知道，他所学农业的范围是很广的；然而我只有庭园的一部分还算能懂一点，所以我只能介绍他对于这方面的意见，其实庭园的智识不过他所有农业智识的极小一部分罢了。

我引导李君出西直门，参观农事试验场，这是北京最大的农场，最大的游园。当然的，这"花园"经过多少先辈的心思始得构成，又经过多少富有农学智识的中外人士的观赏与批评。现在，这花园的印像将映入深得法兰西农业教育的李君的眼中了。李君很从容的顾盼，一望而知其对于农场或庭园的亲切纯熟，他对我说：

——北京的公园，因为都是旧有的改成，不是依一定规划新建的，所以都不能适如其分。例如，中央公园的柏树是难得的，然而太密些，使人不能看到远景。北海则树太少，一望空空的。又各处的建筑物都是固有的，其中多不适合于庭园的布置，先农坛是最显著的，这是利用旧地的无可奈何之处。三贝子花园要算是较好的，建筑物不太多，树木疏密有致，可以望

见远处的缥缈。

我们已走到磊石桥边，他转过头，往东一望，对我说：

——这里可以看到远景，有如 Versailles 的样子。Versailles 你是知道的，使人一望而知其远大。在中国，例如先农坛，地面是很广大的，然而你不能用视觉识别他的广大，他的广大要等脚筋酸痛了的时候我们才觉得，因为他的广大是被许多建筑物与无处不见的围墙区划开，使我们的目光挡住了。Versailles 的布置有高有低，从高处俯视一切，觉得没有边际的远大，在低处又瞻仰高远之难攀，于是扩大了庭园的面积，更扩大了游逛的兴趣。

诸位要知道，Versailles 公园是李君母校之所在，他每天在实习，园中的技师是他学校的教师与前班毕业的同学，到现在，他的同班同学们也有在那里任事的，一草一木都是李君亲切的老友，安得不知之十分周详呢。我们过桥经幽风堂，回廊曲折，牡丹坛抱在中间。李君说：

——这花坛太大，周围路径太窄，所以从比例上反觉这里面积之小了。凡做花坛应该中部较高，四周渐低，或中间之花高于四周的，不使中心的花为近处的所蔽。花坛太大了则中间的花不能使观赏者精密的体味，这是花坛面积不宜太大的缘故。花坛周围用砖砌也不相宜，你看这灰白冷硬的砖头能与红花绿叶与轻柔的花香，与蜂声，与蝶舞调和的吗？应该四围种短小的黄杨，这不但不杀风景，而且能够增加坛中花卉的妍美。这类石栏只能用于鱼池边的，因为观鱼是要倚凭的，若池周是矮树则又失其当了。

我看李君是爱这曲栏的；他缓步俯仰，有不忍舍的样子。将出廊，左足跨下阶石，他停足而且凝视了。他说：

——在这必由之路，而且景象骤变的地方，大家必仰头眺望的，所以应该很注意的布置一个特别的景色，然而这里是什么都没有。这里当头就是一个土堆，长着一丛刺花，野蔷薇当开花时也还好看的，但他的季节何等短促呢，除他开花的几天以外，大家整年的要看这刺柴，何等的不经济呢。

我们且说且漾步过去，碧青的蟠松看见了，旁边还有日本式的建筑，于是他说：

——本来这都是很好的景致，后面也看得远远的，但这些都被土堆遮住了！

说着，他转过头去看土堆，于是继续说：

——我知道布置者的苦心，这土堆上的几棵常青树是不忍斫伐的，要留树就不得不留土堆了。不过这也有方法的，在土堆周围加重分量，种起许多可爱的花木，一则使与堆上松树相称，二则使人觉得这里已是园中绝境。在游人十分满意的赏玩之余，忽然发现还有小路可以过去，或者想冒一下险，从这最胜处更进一步，忽然见到古松与亭阁，而且有更远的景物，将何等的快乐，这在园艺的结构上名为"惊奇"的。

大家必定很感激艺术家的苦心孤诣的，但或者也有人以为可羞，艺术家竟如此的揣摩他人的心理，有如用了糖投好小孩的样子。我本不配说这个话，但为老友李君解释计，我想来说穿他。李君不愿我们只知农业技师所规划的庭园能使我们适意之神秘，他还要我们晓得这庭园所以使我们适意之故。无论什么人都是自家人，都在同一方面的，请不要以自己的心理被人知道了是被人

| 孙福熙散文精选 |

侵袭。用糖投好于小孩,正因为自己也曾爱糖之故,艺术家的猜人心理是用自己的心去试验出来的。你若要觉得羞,你该让他先羞呢。

万一不肯仅仅享受他人所做艺术的趣味,就是说不肯被人所知而不能知人,则请你也去尽力于这个职务罢。人类就是这样相互为资料的共同分担职务的。

不觉我们已到畅观楼了。在这里,虽然稍嫌建筑物太多,但楼桥与喷水泉三者的布置与分量还相称的,我们立下照相。斜阳甚红,我们两人相对无语,而各人同一的企望中国将有一个完美的公园。李君先我而说:

——中国的庭园在西方原成一派。他们都是对称的,而中国早就知道摹拟天然,用曲径,用假山,用溪桥。英国最先学了去,法国人称这种格式为英中式的,现在却只称英国式了。法国 Versailles 园的图样是 Le Nôtre(1613—1700)设计的,他先自己布置了一个,请当时法王去看,路易十五羡慕得很,于是请他规划,这就是 Versailles 园。中国要有好的公园总应该从新开辟,所谓从新开辟,不是绝对的从白地建造起的,旧有的溪水树林也该利用的。这样,在初建造时就有大树绿荫了,所恨的,中国庭园不知配景的布置,例如浓色的树反种在远处,不能使人有可望不可即之感。又如开花期相同的树种在一处则一时开尽,终年不能看花,不如各期相间,看了一种还待他种之较有希望,虽然有时也宜同期的种在一处,使绝尽繁华。大体上,中国的庭园中不知顾到这等规律,最大的弊病是零碎没有系统,例如偶然想到茅亭的好看,就不管是溪桥边,是竹丛中,是斜坡下,随心的放下一个。走不数步，又不管游客之需要休息与否，还是放下一个形状不同或竟相同的亭子。

这时节我们已走到一座石桥前了，路牌上告诉我们石桥往南是南关。我想起我倒楣的故事了。我初来时看这桥的伟大结实，当然是预备每天数千人或数万人经行的，当然对面有游戏重要之地了。桥面弧线如此圆曲，战战的爬了过去，一看，丈余的空地面前就是大围墙。幸亏见有小红门，于是走近去，然而写着"游人止步"，于是我只得爬过不愿意爬的石桥回来。正如李君所说，大概这位建筑师忽然想到建造一座石桥，于是就对着高墙造起来了。

因为这只是初春，各种点缀尚无可观，而农场上更没有东西了，不能有多大的批评。不过，据李君所说，农事试验场大体的布置在北京是较好的，他觉得很满意。我希望他乘此春来时节，将北京的几个公园与道旁的花木，与各机关门前院中的布置都加以批评。虽然我相信此后的社会还是要像你回国以来的三年一样，连你的名字也像不知道的。

三月三十日

（选自《北京乎》）

安纳西湖

一

将弦的明月从云端窥露颜面，安纳西湖上陡然蒙罩一层光明与妩媚了。两天来的阴沉，使满湖的一切都现愁色。第一，当此一年一度的七夕佳节，为牛郎与织女着想，希望他们不遇风雨，而且只要他们高兴，就可希望赐予大家多多的智巧。其次，风雨一到，安知他不带来了秋色，一年盛事，将被他收拾净尽。大家一动身世之感，不免都有忧容。可是，这月色，庄严而皎洁，他表示晴光再至的佐证，他担保今宵佳节的快活，这安得不使大家喜盈于色呢！薄云散裂，四周钩以金线，千种情态，一样开心。围在湖周的山上与岸边的绿树，本已渐渐暗黑下去的了，但一见月光即返黑还绿。还有最爱游的群鸟，垂头敛翼，倦怠的归去睡觉者，一见光明，再来飞舞，再来歌唱，再来继续他们的情爱。

一辆汽车，开到湖上带罗涯（Talloires）村中，在湖滨旅馆的前面停下，少年的薛黛与章雕从车中走出来。他们记得，在车中时，已是暗黑不能互见面貌了，为什么现在又相见了呢？抬起头来，望见旅馆门前大树后的新月，才知月色照临了他们两个，于是薛黛就说：

"有月亮了！我是说会晴的。"

"我是说会晴的。"章雕改正似的也说。

他们吃过晚餐，再回到房中，忽从楼头望见潋滟湖光，不觉满心飞舞，于是急忙整装，携手一同下楼来了。

湖滨旅馆的门前盖满古老的蓓蕾丹，就是称为法国梧桐的。中国的梧桐挺秀高逸，不爱与闻人事，而蓓蕾丹则最喜与人亲近，三十年五十年的树身，很可向上高长的，他们欲不生长上去，尽是向四周铺张，给人们以荫影，他们的枝条伸下来伸下来，抚摩行人的头顶，倘若是在水边，还要从岸上俯到水面，让游艇中的人们观赏。因为他们有这种性质，所以湖滨旅馆面前是满院绿叶了。电灯光四布叶丛中，分出一道碧绿一道菜绿的层次。树干上色彩斑驳，幻成宫殿中的雕柱。小藤桌藤椅远近散列在这种雕柱间，乐队的曲调就从这远处传达出来。隐约的树荫之后，远见朱红的栏干；一点灯光，照耀门前的玻璃，返照飞萤似的光彩。七八级石阶上，碎影摇曳，两个人影踏这石级而下了。

他们觉得十分轻快，这是因为音乐的波动，或者因为空气的清凉，或者还有别的更重要的感应；总之，这里与久住的巴黎完全不同，所以使他们轻快，这是无疑的。竹根青的绸衫，依步履而微荡，一望而知是薛黛的身材。活泼爽利，有如晨曦中的飞瀑，醇厚辉丽，有如夏雨后的长虹。圆圆的面貌，遮盖浓黑光润的头发，额上直至眉头，两鬓与耳垂齐。这面貌嵌镶在黑发中，嵌镶在浓绿的树叶中，当此夜色，只能比拟他如一个白鹅绒的香粉扑而已。圆口的衣领露出颈脖，窈窕的两袖露出手臂，这裙衫用中国绸所制，是湖绉中的一种，有所谓薄缘的名字。细簇的回

纹，织出杏林春燕，虽然是古图案，近来旧材新用，改善多了。其宽窄配置完全由自己画图，依样裁制，腰间两条长带，毫无时行俗气，却可与中国古装中的飘带比拟；领口垂下一片短襟，利用他的摆荡来与裙边的摆荡相调和，而胸前亦不致平空了；有时搭置肩上，有如领带遇风，吹向身后，可以遮断领口的圆形曲线。他今夜选定这件农裳，他知道利用湖边的清风，他知道，这淡青的色彩适合柠檬黄月光的映照，适合螃蟹青湖水的衬托。在他旁边的章雕勇敢敏慧，足够与他相配，壮健的身体与广大的头额是最显明的左证。

名称虽然只是湖滨，但波涛冲击，一如海滩，在此静夜，愈增人的兴感。他们两人走到岸边，走到浮搭水上的船码头立下。晚风吹来，湖水潾潾的折皱，这使人觉得微寒了。谨慎的抬起头来，望见对岸 Duingt 的灯光，沿湖岸向左过去，忽疏忽密，但渐远而渐淡，消失在轻柔的薄雾中。不必是远处，就是近地的高山顶上，亦有云片遮断，慢慢的移动，映在青绿的山前，真如记忆一样的缥缈。天色真美丽呵，惟有这样在欲雨的气候中晴来的天色最美丽，正与一切人事在辛苦的希求中得到的最为美满是一样的。满天微带古铜的绿色，云彩有紫有黄，映照融和，都是最精微的色调，离月亮不远，就是一条天河，除出有云的地方，都有繁星闪铄。不错，牛女二星当于今晚在此相会了，这星丛中那个是他们呢？什么时候是相会呢？他们真的要给人以机巧为华采吗？岸头的人间二星不知天上事，除了仰望以外，没有别的了？一声清亮的禽鸣，掠银河而过，是水鸥或是野鹭，于是他们从仰望天边一转而为俯察自己，两人始知自己同浴在月光中。他们相互体忖，各见对面青青的面色。为什么面色这样呢？或者是月下之故吧，或者是水上之故吧，但总没有是喜是愁的情调。

"时间太迟了，回去罢。"

"对岸明天再去罢。"

两人相对微笑，一同回去了。章雕口占一绝：

屋影参差柳影昏，
系舟犹认去年痕。
湖山依旧潮来去，
底事重看已断魂。

二

流光迅速，不因大家的浩叹而稍减其速率，章雕与薛黛来此湖上结婚，已是七年前的事了。以法国之富丽，他们偏选在此湖结婚，而且偏选 Chaparon 的小村，可知他们的嗜好，与此湖山对于他们的感情了。Chaparon 在带罗涯的对岸，船到湖的南端，顺小路进去，还要走十余分钟。小路渐渐上升，经过 Lathuille 的小火车站，远望峻岭之下，苹果树丛中间，有几点红屋，其中较高而较新的一所，就是他们租来建立新家庭的。这小村的人口只有八十五人，新生的小孩也在内了，他们都是种地的，挤了牛奶送到船码头，养了鸡鸭送到城里市场，算是他们与外人最大的交往，别的是没有什么了。外方的人少有到来，在此结婚避暑者从来没有，至于中国人，真是他们第一次看见。正巧今年新建了一

 | 孙福熙散文精选 |

所较华美的房屋,希望有游客来租了避暑的,虽然第一次看到中国人,却自己担保自己的出租了。

这红顶房屋也有一层楼,玻璃窗户,再加百叶遮帘,俨然是精雅的避暑山庄了。门前留植原有的苹果梨子数树,绿叶尽够为嵌红砖的白墙配色,还有满树的青绿果实,点缀出几分富有与甜美景象。地面上新种了几种草花,百合花刚刚盛开,攀援的架壁猩(Capucines)红黄相间,沿门墙而上,其余地金钱,秋海棠,东一丛西一行,布置得匀称美满,园外开出铁杆门就是一块石板,下面是一条小溪,水流经过,淙淙不绝。这里的好处还在于四围的外景。后面是一带高山,就是称为平凳(Banc Plat)的,青灰的岩石与林木的绿色相间,望到高处,虽然不是云雾时节,也只能隐约辨其有此两种颜色,不知究竟是岩或是树,因为实在太高了。苍老的果树层层罗列在嫩绿的牧场上,再远去,是挺直的白杨,从行列而远为点线,色调亦渐带蓝色,消失在淡蓝的空气中,这一切是 Savoie 的普遍景色,正如章雕所说,到 Savoie 的无论什么地方,闭了眼睛也可默出周围所有的一切。不过,此地有碧绿的湖光,就在屋中可以望见,而湖的对面,又是这样高大的山岩,无穷的宝藏,无穷的希望。

两人在此住下以后,亲朋先后的到来,在举行仪式的一天,大家忙碌而热闹。

为了仪式的庄严,为了朋友的取笑,一切新郎与新娘都有喜悦与恐惧的两种心理,喜悦的是悠远的前途,但也为这悠远的前途而恐惧,不过有的偏重一种,他种只是一现即刻消失了。他们两人当然不能例外,但在热闹与忙碌中没有自觉的过去了。

三

夜是最大的滋补品，安纳西湖面，新张开眼睛，灵活而清醒。昨夜的山色，树木，为了一天的疲倦，昏醉的喷出呵欠；经过一夜的休息，你看，在这晨光中，什么都是康健而少年。蝴蝶花的翠蓝颜色闪出绸缎光泽，自有这样早起的黄绒粉蝶周围飞绕，做他们的陪伴；莉茨龙（liserons）盛开细小的喇叭花，有如舞场里的纸采，撒了满地，还要攀援门墙与树干之上。一阵嘹亮的笑声，从开满莉茨龙的园门中出来。立刻可以望见树丛下一大群华服的人影，薛黛庄中的众客出发游逛去了。

利用暑假时候，在此避暑旅行；而来参与婚礼的亲族朋友，也都有时间多住几日。这大队的游客中林氏姊妹是新娘的好友，两人一样的服装，一样的妍秀，他们爱中国服装，在此法国风景中行走，见者以为天仙下凡，以为到什么盛会去的歌舞化装。不觉大家已走到 Lathuille 码头了。往北一望，湖上轮船正迎面而来。白色的船身，在朝阳中喷出浓黑的煤烟，昂起船头，刻刻逼近，坦平的绿水上打起白浪，一直激动码头边系泊的小艇与湖岸一带的蒲草浮游动荡。再看船身，已是很近，水面上露出半个明轮，是许多片楫子构成，所以激动水面，所以行进如此迅速。这轮子上写着一行金字：La France，年幼的希圣急忙告诉新娘，他的姑母："这船叫得法兰西。"且说且争先跳上船里去了。

章雕为全体买了环湖票，走上楼梯，看大家都已在船顶上眺望了。

新娘还有一个朋友薛瑜，因为同姓，所以视如亲妹。他爱讥

讽，见新郎来时，他说：

"M. 章，你今天穿了猎装，回来要给我们什么猎品？不错，你的猎枪呢？"

章雕实在装得动人，一身轻灰带紫的猎服，短脚裤子，皮鞋以上是黄皮裹腿，一顶软边细白蒲帽，翻领衬衫的袖口露出壮劲的颈脖。因为他的英雄气象，似乎还缺一支枪的样子。林氏妹妹机警得很，因为看到刚才新郎上来的时候微合了左眼看船边风景，有照相的意思，所以立刻代他回答。用了很流利的法文说：

"Ilest un chasseur des images. Vous voyez que son appareil photographique est son fusil（他是景物的猎人，他的照相机就是他的猎枪。）"

"你也将不免做了我的猎物！"章雕对薛瑜说，而且指点从肩上挂下来的黄色皮套中的照相机，真如背枪的背着的。

不觉船已停过一站，远远的望去，见湖面紧束，有如蜂腰，章君对他的客人们说：

"这远远收缩之处分安纳西湖为两部，我们是在小湖，这外面，北部，名为大湖。大湖深六十五米突，小湖深亦五十五米突。倘若掉下去……龙王拉你们做公主去了！"

"你还可在龙宫里打猎，猎你的景物，或者还要猎艳！"薛瑜说出就逃开了。

"龙宫未必真有，湖深是一点不谎的，这边东岸，是带罗涯，稍稍过去一点，有所谓'爱人岩'者，一片削壁，到水底下还是如此直削下去，离水面有四十米突之深。倘若爱人在这底下，你们肯下去找他吗？不必说了，这最狭的对面，就是

Duingt，我们就要上去了！"

水鸥两三，飞绕船头，薛黛爱极了，看他雪白的背，湖绿的胸腹，于是叫喊的说：

"你们看看，他们的肚子绿得真好看……原来是湖水的返光。"

船行渐缓，望见长堤一条，直通孤立的岩岛。这堤上，密列大树，故船渐靠岸就渐觉凉爽。水中绿影，滚如油滑，艳色服装的青年男女在此垂钓，不必看见钓起鱼来，水中艳影尽够看之不厌了。大家上岸以后，在绿荫下，顺堤走去，岛上建一古堡，中有圆塔，顶上女墙如齿，并有小孔围在塔顶四周，盖备御敌时掷下弹石，凡封建时代的堡垒都如是，现在徒成遗迹而已。到外面来一看，堡基岩石上与水交接处满缀绿苔，不胜表现巩固与久远之感。

沿湖边走来，接连的山庄与旅馆，但几步相隔必有垂柳，印度栗，蓓蕾丹等树蔽荫，这已到了村中了。看过礼拜堂之后，新娘的两个内侄，少年爱游，还有他的夫兄，与几位朋友，还有薛瑜，都愿去看圣母洞，于是约定在湖边蜻蜓旅馆等候，分作两队了。

蜻蜓旅馆贴临湖边，是瑞士木屋式的房子。岸边满植大树，下置桌椅，白布桌毯上分置杯盘，而每一顶桌上都有一瓶鲜花。主人命侍者连接桌子，摆够全队人的位置，于是坐下。

树下凉爽，微觉水面风来。仰头见大树枝叶间有日光闪烁，盖湖水波动的返照也。这引动了诸葛女士的兴趣，他说：

"听说中国的西湖与安纳西湖很像，不知究竟相差怎样？"

153

"中国山水总像中国美人,轻柔委婉;而西洋风景则起伏浓郁,这是汪先生所说的。西湖的山高水深远不及此,不过也别有长处。"

"我想一定天然较多,点缀较少。"诸葛女士说。

"能够天然自然最好,但整理修饰能补天然之不足。"新娘表示他对于艺术的意见。

"我们幼年时到过西湖的,但现在也记不清了。"林女士天真的说。

诸葛女士最爱工作,最爱鼓励他人工作,他自己是学雕刻的,所以说:"黛姊,你可以多画画这里的好风景,等暑假完结,你一定有许多好成绩。我恨我是不会画的。"

游圣母岩的一群人回来了,有的以手帕擦额上的汗,有的以帽作扇,鼓风胸口,热闹的一阵语声以后,坐定午餐了。心情的变换由于环境的变换;兴致好了,所以食量更好。少年活泼的李云岫举杯进酒:

"祝新娘新郎的爱情万岁!"

"祝在座的少爷小姐们爱情成功万岁!"新郎不肯吃亏的报答。

章雕照了许多相,于是又走到码头去等船。船缆松解以后,迅速的离岸了,这绿荫,这长堤,这蜻蜓旅馆,能不引起何时再来之想,于是大家说:

"再见!Duingt!"

船向对岸行,不到五分钟就停了,一望高山重叠,红屋错落,左边是银灰岩壁,下临深湾,在这暗蓝水上船泊码头了。此

时远见红衣女子,跨苜蓿田而来,新娘见了,不禁动感:

"快点赶呵!赶不上了吗?船上的人应该看到的。"

幸而真的赶上了。得失真是只错一点的偶然呵。

"这里就是带罗涯了,风景之好,因 André Theuriet 的描写而更闻名,在他的'秋之爱'小说中真是描摹出神。这里有他住过的山庄。"

"原来《秋之爱》就是以这里的背景的呵。船上小姑娘所卖的茜克莱曼(Cyelamen)正是书中提到的。"

"从此再过去就是大湖了。看这削壁爱人岩!"

轮船绕一个大弯,靠岩边进行,因为对面不但半岛突出,即在湖心,亦有浅滩,盖半岛之余峰也。转出这个弯,固然一片大洋,而安纳西城市融在金粉光中,有高塔尖顶做他的旌旗。然而,回头看来处的小湖,满涵灵秀,四围高山,阳光所照,折叠明爽,如一张绿幕,不知将揭露何种奇巧也。

将到安纳西市,船身转向,倒缩港里面去,这一转,弄得绿水返黄,加以白浪,美观万分。

岸边人聚如蜂,见大队的中国人,尤其是如此盛装,安得不人人注目。有人将因此而羞涩,不过,人爱看戏,做戏的就爱人看;你我相看,人家增长智识,大家满足美感。

走出公园的树林,经广场,市政厅,博物馆,图画馆都在这里。再向北走,一座大的战死纪念碑,是 Besnard 的雕刻,他是最爱此湖山者。高大无比的蓓蕾丹伫立运河的两岸,其枝叶相接,如为河上盖一圆穹。河上多小船,可以通湖,男女两三,在此下船,在此起岸,各有其灵敏或初试的畏惧笨拙的姿势,但人人脸上都染了绿叶的映照,各人都因看相对者的颜色而自己觉得凉爽了。一条小桥,轻巧精致,名为爱神桥,真是名不虚传。

沿大街而进,两面均有圆弧过廊,这是本城的旧制。追念罗马盛时,此地亦已为重要城市,兴亡盛衰,全凭人为,留得古迹正可策励后人。新娘爱此古色,凭吊久之,酝酿油画的腹稿。

不觉走到大礼拜堂了,登石级而上,三角形的门面下,开三门,上面一个大玫瑰窗,古旧可爱,盖十六世纪时初建者。进门,大家依习惯脱帽低声,小希圣以手向门边贝壳形的水盆中浸水,学法国人的习惯,欲以手指上的水分润给林姐姐,而游嬉的在自己面前划十字,引得大家要笑。他的姑母向他示意,不要出声。章雕低低的说:

"这里亨利第四来做过礼拜,卢梭在小孩时在此当歌童唱赞美诗,他在《忏悔录》中说的,有一天他还在此演奏一段箫呢。"

"这画好不好的?"林妹妹问新娘。

"这幅下十字架的耶稣是意大利的名画家 Caravage 的作品:十六世纪至今,三百余年了。这种是历史上的价值,所以不能与近代画比较并论的。"

出礼拜堂就是卢梭路,不错的,四十四号门牌是卢梭住过的,古旧的两层房,很小的院子。斜对过十三号,是卢梭在 Lemaiitre 乐师里学琴之地。

大家选买风景片,也有立刻写寄友人者,缓缓的走过港边,一望平波泛紫,湖山全入斜辉中。本来,坐火车沿湖回去亦可,而环湖票与火车联通,可不另买。但为了可以饱看湖景,仍是坐船回来。

呵，满幅的红紫，除了薄绿的远天，除了白鸥几点，红紫的水，红紫的山，又是红紫的满天霞彩。倦游了的人们，无力言语，无力思想，只相对眷顾，如山边落日，湖上轻霭，一任自然之所至。

四

几天来的同游聚谈，很是快活；但众客先后的离此而去了；这对于章薛的新婚爱情或者可以更加亲切，然而相对久之，不免渐感单调。于是他们继之以工作。

章雕先翻阅拉马尔丁的"默思"诗，因为他是离此不远的蒲尔志湖主人，在这湖上产出无数名诗，在这湖上体味爱情与人生的甘苦。他翻到 Le Lae 一篇，回环久之，于是开始翻译，于是研究蒲尔志湖的景物，于是查考拉马尔丁的事迹与思想。此时的薛黛已背了画架与三脚凳作画去了。白色的画衣敞开了领口，大边的草帽，不是为时髦而是为遮阳光用的。走到湖边码头，远望晨霭未散，遮断湖南的 La Sambuy 高峰，近山衬托，显出刚柔与主客的层次。一片牧场，有如绿绒，而白杨参差，列阵山麓。正俯视湖水，微风吹过，皱出有青有绿的襟带。这湖水之涯，是轻软蒲苇，恰好融和山与水的界限。这景物能不引动画家的爱好，他坐在码头旁树荫下，张开画架摄取这美景了。

时间已近正午，女画家满带了高兴回来，擎开拿画的手臂，怕沾污画上的油彩。只吟默思拉马尔丁诗句的章雕，因为沉思太久了，立起来散散步，从楼窗口望见树枝缺处一幅湖景，似乎觉

得奇幻,瞬目注视,则夫人正进园来,一手在推合铁门,风景在另一手上,所见风景,是他的画幅也。

"画好了吗?"楼窗上问。

"画好了。"窗下仰头回答,伸画给丈夫看。

今天,他们两人新得了一种甜蜜。作了画的,心中想,爱情以外还有工作;读了诗的,心中想:工作之中就是爱情。为了有这发见的缘故,各人各守界限,不匆匆跑上楼去,亦不匆匆跑下楼来,而这当中却是得到另一种甜蜜了。

饭桌已经摆好,两人对坐午餐,新成的画幅放在火炉上的大镜前,两人的视线都注在画上,共同批评。在画者自己得了安慰,同时推度到对方,所以说:

"一个人在家里寂寞吗?"

"没有什么。我想做一篇拉马尔丁,正在翻译他的 La Lae 等一等念给你听。"

恬静颇久,两人各各举叉吃菜,举杯饮酒,这不是没有思想,但不是有什么恶意,他们各在今天所得的新经验中寻求解答。画家仍以绘画为题,说他的道理:

"艺术上是如此需要统一与绝对的,譬如一幅画上用了各种变化的笔致,就不成东西了。但也最怕单调,你如果绝对的用这种方法,第二幅就没有价值,第三第四幅比机器里推出来的都不如。艺术还是需要变化的。"

"绝对当然是艺术上的不破条例,艺术理论只有凡如何必如何,决不能说应该到几分的程度,如医生的药方,可以某种十格兰姆,某种十五格兰姆,加糖水一百格兰姆,便成最适于病人的药品。然而，人身与人心一样是柔弱的东西，他们最易疲倦，惟一的状况下去，没有不厌憎的，所以需要变换。实际上，这变化是为了要保持绝对。旅行时精神较好，就是这缘故。城市的人到乡间，乡间的人到城市，回到原处，工作更有兴趣了。"

"对了，艺术就是弄这把戏，用了变化来保持不能变易的人生的趣味，因为人生是绝对的，不能忽是忽非的。"

"倘若图画而永远用单调的笔致表现，就坠入平庸，岂能感动他人呢？"

"然而，变化只是养料，绝对是艺术永久的生命。例如我们到这里的风景地，是吸取新鲜的精神，不是要把我们整个的变过一个。"

"这就是艺术家贵乎有操守之故。"

五

湖上的轮船"花冠"号（Couronne de Savoie）靠近带罗涯，等着上船的人颇多，而上岸的只有章薛两人，因为在此早晨，从小湖来者原来是没有什么人的。

蓓蕾丹垂枝水上，两人眺望湖面，有如透隔绿帘，而这生动的枝叶，在湖面画出天然图案。岸边的小船，解缆张帆，向轻柔的黄绿浮光而去。这景物引动了两人的观感，于是对此拍了照，转过头去，绿色的木亭中陈列本地的画片，贝壳与钓竿。还有许多书，章雕要守亭的乡姑娘拿出来看看，是小玫瑰丛书：小诗与短篇，较大本的多数是A. Theuriet的小说，因为这是本地久住的作家之故。他再买了《秋之爱》，一则也是一个纪念，一则今天正去寻踪小说中的景物,或者可以参考。此外又买了一只山蝉,是蜜蜡做的,插在薛黛的帽上,真要以为是活的飞来了。

沿斜坡而上,路径曲折,这就是《秋之爱》中与Villa Tranquille(静庐)中所说到带罗涯村中去惟一的路了。一直到村子将要走完的地方,回转头去,跳过村中的屋顶与树顶,翠绿的湖面展在眼前,而高山一带,有如花墙,远远的积着薄雪,消融在日光与云烟中,这是Semnoz如油画馆中Cabaud所画的全景。

"这一定是书中所说的微微蔼山庄了。"

从门墙中望见蓓蕾丹与印度栗的绿荫,满地小花,正是热闹,而院底屋檐,有紫藤结彩,又极清闲之致。

"Mariannette(玛丽婀娜旦)住在这里了。"薛黛说。

"还是说André Theuriet住在这里呢?"章雕略带今昔之感的说。

他们两人正如爱好《红楼梦》者的寻大观园,在古冢里找灵魂。是的,对此湖山,凭栏望月,听礼拜堂晚祷的钟声,顺蓝色的波光,远去远去,直至隐约的对岸山际水涯,与继续的村歌相应和,在此蓬瀛仙境遇玛丽婀娜旦的妩柔,能不使非立波动情呢?两人徘徊久之,于是走向山径了。葡萄藤繁衍曲径两面,牧草丰彤,螽斯唧唧,有几处的长草已是割倒,太阳照临,放散农村快乐的香味。晚熟的樱桃尚留黑紫的满树果实,栗树,张大如军营的幕帐,锯刻的叶间满是绿色丛刺嫩果。再走是高大的树林了,茂密的枝叶张蔽天空,虽然是很觉凉爽,不禁两人独在林中亦觉有点畏惧,正不知如此柔媚湖边亦有骇人景色。忽见树林缺处,蔚蓝一角,以为是天,近去知是安纳西湖水,临水削壁千尺,不免悚然。而无意中登临如此美景,亦觉欣喜万分。原来这就是玛丽娴娜旦来采茜克莱曼,他父亲最爱的花,与非立波邂逅相遇,他们两人并坐在野花毡上,共赏湖山之处。但非立波永离带罗涯也正是经过这里而去的,这就是"爱人岩"。

"我们采一点茜克莱曼吧。"

"回看姑娘与他讲 Tournette 的美景,对阿尔卑斯群的山峰,与父亲两人相抱对哭,非立波将是他父亲的继承者了,然而季候未换而人心全变,两人终于永不再见。人事之短促一至于此。"章雕坐着有点动感。

"可是山水永远没有变,留给我们欣赏。"薛高兴的说。

"是的,Theuriet 给这景物以永远不死的生命。"

两人望湖上来往的小船,不管湖水如何深,总是浮载这小生命,顺他所愿而忽东忽西。水鸥更是轻快了,欲游欲飞,一由自主,紧张的掠水面一过,游鱼捉在口中了。

两人看了出神,然而时将正午,于是起身回来。章雕说:

"本来,Tournette 不能去爬了,非立波住的 Toron 是径过三角的三人如此来回的,可以去看看,但路径不知道,留在下次去了。"

走到古庵旅馆,两人就在此午餐。这里也是非立波所住,是他决绝阿尔上波夫人之处。

有如爱看喜剧与悲剧,除出怯懦与麻木的人,都爱看强烈的日出与清澈的月色,风景给人等于戏剧。

六

这一天实在有点闷热,然而午餐以后遮上一点白云,太阳可以不晒了,而天色实在变化得很,于是引得画家兴致万分。薛黛带了画具出去了。

他出门往北走,望湖光尽管在山路中走去,他想免去许多屋顶,最好多留天色,而下幅是湖水。走到一个高坡上,他就坐下了。

天色真美丽呵,他非但没有画过这样丰富的天空色调,而且可以说从来没有见过。风是从他的背后来的,所以浮云渐向安纳西市方面远去。天空本是碧蓝的,但渐远渐带铜绿,在此幕前便有无数层次的云彩。近处的灰白带紫,四周多有玫瑰淡边;稍远则银灰与虾青相间,微有珠色;远去,浮现在闹市的炉焰似的光辉上者,如柠檬与橘子混和,是无数细片,轻浮散迭,消失在远山之后,呵湖水,与云块相应和,块青块绿,这里面又搋散了许多紫罗兰的溶汁。风之所至,忽然波皱幽暗,忽然镜光闪耀。而云山投影其中,又成万种情态。画家先草草的钩了木炭,他想,不能迟留了,于是加油彩。以画家的三寸笔头,追逐这万顷风涛,他只要吹灰之力,使这不尽的大面全盘变易;幸亏兴趣鼓励他,不论他变得怎样快,总要猎取这飞逝的一切到画家的箭头。

忽然,风是迎面而来了,浪花紧急的变了方向,从对面打来,而云彩也愈沉愈下了,他尽是毫不游移的画去。现在真不对了,雨点已经下来,于是只得收画就走。这时才知道是离家如此之远。

章雕因为觉得看书上渐渐的暗了起来，于是到窗口去望天，知道原来是要下雨了。然而夫人到那里去画了呢？他急忙的跑到园外，推开铁门一看，并没有来。这到那里去找呢？想必不久就来了吧，还是到楼窗去看，高一点比较可以看得远。于是再跑到楼上，伸头窗外，并不见人，只有大风狂吼，直立的白杨个个歪斜，如一竿细竹，苹果树菩提树都反转叶背，露出银白。落叶飞舞，吹卷湖中，而灰云成块，沉向湖面，遮断对面湖山，雷电并作，而雨点的响声滴在窗边，打在他身上了。

　　等他再下楼来，园中的花草上已全润湿，大雨倾注，他不能再到园中去了。着急是不必说，他立在檐下发怔。铁门骤开，画先进门，人亦见到了。连忙松解画具，全身浸湿，裙边沾在腿上，而白鞋白袜全是泥浆了。

　　急急换去衣服，于是始有工夫再来看画。这辛苦的工作给他们甜美的滋味。这时雷声振动房屋，玻璃窗凛凛作响，两人抚贴，从窗内望出去，隔了雨水流滚的玻璃，望见一片迷濛，湖面已成洋海，不见对面山峰，但见浪涛滔滔，打击岸边，如欲吞此山村。远近果树，胡桃苹果，随风堕地，扑扑有声。忽闻哑的一响，黑白相间的一叶飞矢似的过去了。

　　"一只喜鹊！"薛说。

　　"他也逃回家里。换衣服去了。"丈夫微笑的说。

　　"家中也有'人'在等他吧？"

七

　　风雨已过，夕阳更艳，流云散布，有乳白带紫，有玫瑰红和朱,轻飘浮游,衬托在从来未见的碧蓝天上,如汪洋大海,各种形式各种颜色的水母在此欢会,如一幅翠毡,天上群星化装羽裳,在此酣舞,用无论什么富丽神奇的事物都可拿来比拟,而结果还是不知他实在表现的神秘意义。一湖绿水,平滑照人,其温娴妍艳决不相信他也有哀愁犷野之时。山林草木,不论是胡桃树苹果树,以至于最小的雏菊青苔,都受风雨洗刷而显得十分少年,却如受父母眉目示意的小孩的驯良服贴。太阳快从西山下去,隔湖,东山前面,一条虹弓,不知爱神把这弓的箭矢射到谁身上去了。这弧桥,如果不是幸福的化身,何必如此美丽,如此诱引,如此迷濛,如此缥缈倏忽呢?

金银花香愈近夜而愈浓烈,晚餐以后,章薛两人,与受风雨洗刷的山水一样少年,乘园中金银花的晚香风中,出来散步,惊喜景色如此壮伟,不禁胸怀鼓动。两人欲往山坡上去远望,于是走向村中经过。

道路已几乎完全干燥,只是石隙小草还满沾雨珠。葡萄叶上加了新绿,而细簇的花球正结下幼果,嫩绿可爱,再添上雨滴。如翡翠穿珠,不知为谁家少女作嫁鬟笄也。家禽三五,在村中散步,雄鸡昂头阔步,红冠耸前,黑羽垂后,追踪草地里飞跃出来的青绿蚱蜢,被它含住了,喜洋洋的叫唤母鸡,让给他吃这鲜美食品。矮屋檐下,斜阳光中,一个小孩,立在门口石级下,手扶小凳,凳上是贝壳与菜叶等等,正在烹调小孩的筵席。石级边盆花若干,有大红的日夜宁(geranium),圆形的小叶簇成一团,而细干三四,擎出绣球一般的密密红花。有芙茜亚(fuchsia)尖细的叶片,满枝的垂下长柄的红紫花朵,极像无数纱灯。门外小园，一树胡桃，一树樱桃，为这村屋配色，完成这幅乡景的安宁幽闲的平衡。当此停步羡赞之中，石级上走出一位青年妇人，他正在拼挡牛酪，故连连以身前白色围裳擦手。一见微笑，就与过客招呼：

"晚上好！先生，夫人。"

"晚上好！夫人。"

"散步去？天气凉爽了！"

"天气好。我们正在称羡你们的房屋，你们的小孩。真好看！"薛黛说。

小孩一见母亲出来，早就丢开他的烹饪工作，靠近他的保护者身边，眼睛圆睁的远望生客。母亲抚他的头顶说：

"他到九月里有三岁了。"

"我们给他照一个相。"先生说。

"好的。路易士，不要动！"且说且到室内急取李子交给小孩，让章雕照相。照相机托的一声响后，他对小孩说：

"说呀，谢谢先生！"又转变口气："先生会照相，夫人还晓得画画。那天我看他在屋后作画，蓝的湖水好像是真的，一株白杨树，有风吹过，真可说是活的一样。"

"小孩的照片两天内给你们。"颇有告别之意了。

"你们真好意！你们喜欢这乡土吗？"

"好极了。又美丽又清净，我们很喜欢。"

"经画家们称赞，那是真光荣呢！夫人。只是这里太清苦，要你们住起来，就整顿起来了。我们做工过生活，好看不好看是没有心思的，也是不懂得的。"他说到这种有思想的话，更显得

精雅了。

"夫人，你就是最懂得的。有了你，这里的风景更好了。"画家放出他的色彩与感情来了。

说过再见以后，两人走到高坡去，草地还是润湿，然而顾不得这些，因为，这时的夕阳正好，从云后射出辐轴的光线，大小云片如海上渔舟，在此金液炫煌的大海中徜徉。其色彩之丰富匀和，极天然的能事了。紫绿的山岭衬在前景，使这幻梦的天空更显得铤铤溏溏。有如浓色的粉袋，在此山间振拍，无处不现松软蒸腾之感，而随处分其绿褐红紫的层次，这又是天工夺画家的能事了。这样一幕一幕的变换景色，一刻不停的产出瑰丽的情调，非笔墨所能尽致，而画家顺次的采纳胸中，供给他美满的宝藏，一直到了只留一丝暮霭时节方缓步回来。这宝藏是他今天在风雨中辛苦作画的酬报。

八

薛黛庄中新增了热闹，第一，墙上满挂了画幅，有风云中画来的，有夕阳中画来的，有晨曦初现，有薄雾笼湖，还有为他丈夫画的读书时的肖像。热闹的第二原因，是新来了看画的朋友。

晚餐桌前，周围是完全本地风光的绘画，热闹的谈话声中，清茶一杯放在围坐桌边的各人面前，其中新客是寿丁与章非，由诸葛女士陪伴来的。

热烈的谈论渐渐过去以后，主人取出本省的指南，展在桌上说：

"我们来讨论讨论游逛的地方呵。"

"我们听你报来。"寿丁说。

"好。我们总要走得远一点的:

第一是 Fire 峡,离城九基罗米突,可以步行,亦可坐火车。这条水深九十米突,长约半里,在岩隙中流过,阔自三米突至十米突。岩路曲折,树影参差,倒是不坏。

第二是 Maure 岭,以树林胜,爬山三小时,一面雪岭在望,一面碧绿的安纳西湖展在脚下了。从这条路走下去,可以走到我们屋后的高山上,出海面一千七百余米突。

第三是 Thorens,有古堡著名,建于十六世纪,中有 Van Dyck 的两幅油画肖像,及意大利古画。保存古代木器雕刻甚好。"

"这都是好的,我们由近及远,先拣定一个开手,——不是开手,是开步。"寿丁说。

"至于更远的,到 Chamonix 看冰海;还有,南至蒲尔志湖,北至丽芒湖,可以与把两个湖与安纳西湖比较比较。"

"蒲尔志湖则游 Aix 与 Chambèry 拉马尔丁与卢梭的故地。"诸葛说。

"丽芒呢则游 Evian 与 Thonon 我们可以到 Thonon 附近去看林氏姊妹。"

"明天先来一个环湖游行,怎么样呢?我以为安纳西湖本身已经够一生体味,倘若还能上一次高山,看旭日照雷峰,那是更好了。"

"你们对于三湖的比较意见何如?"这是沙龙主人的考题了。

大家精神很是兴奋,在此假中游览时节,当然什么胜地都觉可爱。章非这次先说了：

"丽芒有时是很犷野的呢！"

"真的，有点像的海。浪涛奔腾时，当然不必说，就是平静时，水色幽蓝，已经够了。你知道，三百米突的深度呢！"

"山峰也是峻峭，给人庄严或闷塞之感。"

"他的名望之大是因为他的面积与山脉的气魄。"

"蒲尔志面积与安纳西差不多，而猫山壁立，又是显出不和谐美的一类特性。不过丽芒四周多热闹城市，尤其是瑞士一岸，虽有高山深水，比较的使人有入世之想。蒲尔志的山麓全是野岸，只有从水上去还可以靠近岸边，步行简截不能通，这是拉马尔丁在此黑夜影中满幻愁思之地了。"

"蒲尔志湖靠拉马尔丁成名，不过自有其原因。因为较自然，少社会性也。"

"Aix-les-Bains的热闹已害了他不少，幸亏只有这一处。"

"安纳西是刚柔兼有了。"

"水是深的，山是高的，第一因为四周山势的匀称，不如其他两湖周围高低相差之多，而湖面曲折，就有温柔娇袅之态。"

"不过他的名望似乎不及其余两湖之大。因为他没有什么事迹。"

"现在是有事迹了。章薛两人在这里结婚的呢！"

"不必说了，明天先逛这温柔娇袅的湖上。对了，明天是七夕，我们须游夜湖。"

九

　　畅饮以后，在将弦的明月下，清澈的湖山，狂热的酒酣，少年的豪情，在这配调中，乡村人家已经关门睡觉，十分静默，只听得这章薛家的少年大队，从村中出来，步声，唱声，笑语声，使湖山震动响应，而他们自己毫不觉得。

　　他们走到湖边了，跳下船去，章雕打桨，于是船已离岸了。

　　月亮虽只半圆，而光耀明朗，照临全湖。这是要经验过方才知道的，夜间望山，简直高长一倍，湖水，也骤然的广阔，固然是湖面轻雾使然，实在也是自己缩小了之故。刚才喝了酒长大了的身体全被晚风吹去了。然而勇气是要鼓舞起来的。他们歌唱《大江东》。歌声起处，热血沸腾，打桨愈加用力，水波愈加升沉。他们是把自己扩大，只觉自己是在太平洋上，在扬子江中，昂然有物皆我主之慨。

　　"我们现在这样高歌荡漾，五年十年后的中国土地上，总有一滴我们现在所蒸沸的血了吧？"

　　"如果不然，这许多到法国来的中国学生完全是无意义，我们的饮酒泛湖完全是无意义了。"

　　"在那一块土地上发芽，就爱在那里开花。我们爱这湖山，为了培养热血送到中国去灌洒。这湖山，不是我们的，我们有赏玩的权利，然而没有保管或修饰的义务。我们要去管保修饰我们所发芽的湖山而赏玩之。"

　　"赏玩还在其次，第一步要使中国土地可以请人赏玩。"

　　"如果中国土地不能保管修饰，除非中国青年没有血。"

"不错,新近接到中国来信,广东政府决定再革命,国民党从新改组。在黄埔办军官学校造就军事人材。"

"有一天青年都入党,而党员都当兵,少年中国就已造成了。"

"民族盛衰的原因实在是很简单的,只是青年的血能不能热起来的问题。在老民族呢,即使是青年,也是冷冷的,所以不能振兴,然而非绝对的不能热,却是懒得加热之故。"

船已划到大湖,在峭峻的岩边,双桨击水,水击岩涯,于是弯进去,在阴暗中,树枝下,薛黛吹箫,什么声音都静默,但闻圆润凛冽的一个一个声韵,连坠水面,浮向辽远而去。箫声止时,雨蛙群鸣,如苦饥渴。少壮的头脑也最爱听哀怨的声调,慷慨激昂的感觉使他们鼓舞,但抑郁泣诉亦使他们振奋,因为,他们听这种不爱听的声音,就起拯民于水火之中,舍我其谁之想,于是亦昂头奋臂,勇往无敌了。他们之爱听哀音与卑微弱女的听人家哭声以代自己的暗泪者大不相同。

于是他们找更幽黑的地域。回转里湖,顺带罗涯前进,这时月光已斜,离山头不远,就要不见了,凉风润湿,不禁手中的箫上如汗珠一层,颇觉寒冷,而各人衣衫亦都感潮润而单薄。树荫浓密,不辨对面何物,亦不知再进去离岸尚有若干丈尺,然而总是鼓桨前进,贪看这水中黑油似的缭绕波纹。垂下的树枝正扫拂头上,忽然水中响声的一跃,不知是什么东西,同时枝头亦窜出一只大翼黑鸟,急急的振翼飞去。

探头黑影之外,南面湖端已将随青色薄雾而消失,山色淡如轻烟,不必想登临,且不必想像其为何种体质。湖山交界之处,蒲草荡摇，一来一去，如受何物指示，用以引人入迷者。蛙叫格格，就从此处产出。呵，这是有点……有点新鲜了。

再看天上，星数骤然增加了不少，盖月将西沉，光力很弱也。在此渐趋深蓝的天色间，银河斜泻，引得诸葛说：

"真是，今夕七夕，天上双星幽会如何了？"

大家仰视，在银河两岸，各人见其各人的双星幽会。星光闪铄，各有如萤如电的颜色，而有时陨星飞落，正给人以何来何去之想，算是得到一个刚才疑问的答案：

"谁自觉今夕得到智巧的，就可证明双星已经幽会了。"

一直到小船泊岸，一直到摸索回去，一直到各人熟睡床中，各人还听到自己的狂歌，看到这七夕湖上的银河边的形形色色。

十

"山水既不到我们里来，惟有我们到山水里去。"

《秋之爱》小说中有此名句，《秋之爱》迷的人们正是顺从这句话，去找书中所描写看日出的 Tournette。

他们于午后四时在带罗涯出发。各人轻便的服装，背了御寒的衣毯。有的皮鞋加钉，有的绳底软鞋。尖锋的手杖在手，简便的食物饮料背在皮袋中。一个老年的向导在先开路，不过已不是小说中的 Bastian 了。

天气正热，幸而走不多路就有茂林，而渐高渐多微风，尚觉比平地为凉。山路并不艰险，景物亦觉平平，好在是大队，趁热闹走去，毫不困倦，忽然，路渐高渐窄，穿过一岭，回头看时，落日满照平湖，此种景色，绝非仅仅浮游湖上者所能想像。

山路起伏，沙砾绊脚，大家都觉胜景的代价也付得不少。每当路面上倾时，则大腿面上的筋肉牵挂作痛，总想有下倾的路；当遇下倾之时，又因小腿后面的筋肉牵挂而痛了。尤其是女子们，今天真是破天荒的步行了，这是天下多少男子也是无福消受的，他们居然满在眼底了。老向导知道他们几步一息的态度，他说：

"走过这山头，我们就在后面的木屋过夜了。"

最美的落日已在山后消失，金红的天空骤然的褪色，但见微绿的天中偷露一粒一粒的星光，一经注意，便愈数愈多，而月亮正弦，光照大地了。他们围坐地上吃过饼干与汽水，想晚间留在此地总是不妙，幸亏尚有月光，但山顶不比平地，日落后骤然寒缩，于是又引起他们续走的勇气，想动动取暖了。

骤见柏林茂密，地上是一片绿草，草面露珠，在月光中闪闪发亮。树后是一所木屋，画出门框中的红色灯光，听到他们大队赶到的喜悦声音，迎出一位老妇，老向导招呼之后告大队来客进去休息。

"先生夫人们没有晚餐过，我能怎样的为你们预备呢？"

"我们自己带了东西。倘若你能为我们做一个汤，那是最完美了。"

"好极了，马铃薯做汤，豇豆我去摘去。"

老太太正在泥浆石块塑成的灶中燃点了树枝，烧起汤来；他们就由老向导的陪伴走去了。

一片清淡的世界中，只留两处光明：上面是一个月亮，下面是一个安纳西湖面。沿湖边断续的星星灯火，有如天上星光的反照。火车的汽笛，夜鸟的鸣声，乡人的村歌，小孩的啼哭，在此山崖，都隐约能辨，当此天下众生都在脚底千尺之下的境况，能不起"惟我独清"之感。正大家沉默中，老人发问了：

"先生们住在湖上那里呢？"

"Lathuille 附近。"

"Lathuille 是在这湖尖，一个小屋是车站。"

"这才对了。你看，那是我们的住屋，反直是村口第一家。"薛黛说。

"湖面狭窄的地方就是我们来的带罗涯。"

"对了，这里就是我们昨晚泊船时飞出黑鸟的。"说到过去，大家不禁恍惚，又追慕又酸楚，如重婚后之想念前妻。

"M. 章，这是玛丽婀娜旦与父亲同来看日出的地方了，还因此而引了非立波之来。"

"还因此而引了我们之来。"章雕接应。

"一点不错，"老人插语，"你们讲的是《秋之爱》小说中人，听说自从这小说做出，大家就都要到这Tournette来了。"

"M. 寿对于《秋之爱》有什么意见？"薛黛问。

"他的风景描写我很喜欢，有几处真是出神的。你们鼓励我写安纳西游记，我还不知道怎样能够与他的名作比拟呢。"

"风景太多，似乎气闷一点，因为容易遗失结构的主体。"章非说。

"我的爱看风景确是出于性癖，所以总觉得他并不太多。"寿说。

"你是画家，是风景画家，爱看风景是你的功课呵。"薛说。

"不过,"寿丁立刻辨正,"我觉得这部小说的风景,为主角玛丽婀娜旦布景,决不能嫌其太多。"

老人早就从旁边走近一点,似乎有话想说。一听大家的谈话稍有中断,他就插入的说:

"先生夫人们,我想我们的汤是可以预备好了。"

回到木屋中,一顶小板桌已经摆在屋中了。老太太分送每人一碗汤,热气腾腾的,这时真是需要了。六人围坐桌边,又取出袋中带来的罐头与面包共吃。

"M. 寿,你还没有说完《秋之爱》呢。"

"我以为,玛丽婀娜旦是安纳西风景的结晶。"

"可惜被非立波一把捏死了。"章雕含似戏似恨之意。

"我倒认为这是作者把他捏死的。作者的描写不必说了,就是叙述他的谈话,亦满绘纯朴色彩,他说决不嫉妒非立波的过去;当非立波的旧情人到来时,非立波在两面讲了多少假话,玛丽婀娜旦看了他的恍惚情绪,以为是自己得罪了他,所以说:倘若所有从昨天起我们所计划的事是要使你发生心事或追悔的,实在告诉我,不要怕使我忧愁。这样纯朴的性质旁边而有非立波的畏怯,欺诈与贪欲,真该羞死天下男子。"

"我却觉得羞死天下女子,"薛黛插入,"等你说完我再说。"

"作者是这样的残忍,以此纯洁如安纳西风景似的玛丽婀娜旦身上,偏要涂画大多数女子的缺点了。"

老太太看大家已经吃完,就来收拾盘碗,问要不要咖啡。

大家不喝咖啡，于是搬开桌子，在屋中地上，垫起干草，铺上毯子，就预备在这里睡觉。章非用寿丁的字句说："我的残忍，要在纯洁的 Tournette 身上的草地里去涂画一下。"笑着出去了。寿丁续说：

"玛丽婀娜旦既承认决不疑忌非立波的过去，那末，不管阿尔上波夫人来否，非立波有情书给他否，都可不问的。实在，婚姻存在一天，这嫉妒一日不能除，即使非立波从来没有情人，他也是要疑忌的。"

"我所要说他的就是这个言行不符。"薛续说。"最羞的，当初是拒绝非立波的忏悔简直交代女工，不准再放他进门来，后来又悔了，还走到非立波的空屋里想一见，却已不见了。这真是我们大多数女子毫无决断的大缺点，被作者残忍而痛快的涂画出来了。男子在这一点上是率直多了，虽然也有男子是到处说爱，说过便忘的，但非立波的爬山远去，只托引路老人带回一束鲜花给姑娘，是十分男性的美丽。"

大家围坐屋中垫毛毯的地上，愈谈愈起劲，诸葛说：

"就是这木屋地上，玛丽婀娜旦与非立波都先后住过一夜的呢！"

"我倒不以非立波为然，"章雕说，"他是过惯了巴黎生活的人，为了一个小女孩偏要来牺牲一切了；他与阿尔上波夫人断绝十五年的关系，那里是出于志愿的，不过二者不可得兼；就只得丢了他。这何尝是男子气象的？"

"正如作者所说，"寿丁看一看大家的面色，"男子有三次试验的机会，其实连一千次一万次也是有的，而女子也是同样的

有无穷次。不过,在事实上,不必第三次,不论男女,第二次就是不纯洁的了。自从婚姻有了制度,凡第二次都不纯洁了,因为他知道对于第一次负道德上的责任,所以,他对第二人非谎骗不可,或者不承认过去的事实,或者说与第一人的关系原来是身在心不在的。这在他是不得不然,因为,婚姻只允许一男一女的关系,如果不这样解释,便违犯婚姻原则。"

"一次失败的人就不再结婚了吗?"薛黛问。

"只要没有婚姻制度,就可打破婚姻是卖绝的传统观念,从此不必对婚姻制度负责,也不必对第二爱人说谎了。然而天下痴男女总是不愿听到情人老实说出与别人的爱情,却奖励情人谎骗的说终生专一的爱他。"

"倘若真的终生专一岂不很好吗?"章雕责难他。

"不过,倒是假的当中还有一点生趣。你只要去看,凡完全真的时候,必定如在深坑,于是就要想法与人暗通信札了。你们想,在青年时以谈情为生命的,忽然于结婚之后变为罪命,这是何等难受的变化。如果是一个十分负责的人,当然,连偶然的思想别一个异性身上也是应该认为罪孽的,这将如何生活呢?"

"你的思想如此玄虚,不知你将来过一个怎样的婚姻生活?你是要十二分的忠诚于一个人的呢?还是要毫不说谎的对一千人一万人说爱呢?"章雕笑问。

"两种里面必能做到一种。实在,不能做到也不要紧,只要这样的说出就痛快了。小说就是为不能照小说实行的人而做的。在艺术上,说出就算是做到了的,艺术家在远远的地方画一个好看的箭靶,使人舍命的爱好去射,他的责任已尽;射得准不准是别人的事了。我们在这里如此有小说意味的景物面前，切勿错过机会，自己抑制这景物引出来的我们的思想与说话。天下夫妇大多数是不快活的，我要用这个画饼给他们充饥。人生与小说一样，能够有惊天动地的结构最好，得不到，只是过平庸生活中看看峻险美丽的画景，也就如身历其境的快活过去了。所以，像黛姐那样学画的，看了这安纳西的美景，应该多多作画，供给不能到这里来的人去看，我们也各人用文字描写这风景地，也算一个画饼，供给饥饿的人。"

"如此谈论确是我们这景物中应有的点缀，这是我们的画饼。"章雕说。

"饼是吃过了，现在是应该睡觉了。不要醒不过来看明天的日出，虽然日出也只是画的，不过倒不是一个饼的价值可以替代的。"

旅行的疲劳与旅行的快乐使他们立即睡去；然而，就因为这个缘故，使他们不能立即醒来。老向导再三的叫他们：

"先生！先生！看日出要来不及了！……昨夜尽是谈讲，我是说，今天要起不来的。现在真醒不过来了。先生！先生！"

"呵，几点钟了？"

"我不晓得几点钟，不过看日出的时候是到了。"

一个一个的相递叫醒，大家急忙起来了，寿丁到门边去偷看：究竟太阳起来到什么程度了，但一望黑漆，只有寒风从微开的门缝刺入，有如白刃，他连忙关门，回向老人说：

"太阳还一点没有起来，冷倒是真冷呵！"

"看日出自然要没有出来时看的。"老人回答。"从一点没有的黑暗中看他怎样发生第一丝光线。外面是冷的，衣服要多穿一点。"

室外是一片黑暗与寒冷，幸亏老太太的一盏纸罩提灯，大家靠着这豆大的光明走路。老人大概是为了敷衍日出前等待的时候，所以在满天星斗的黑暗中东指西划的讲解，反直一片是黑暗，除了对此黑暗夜色引起一点疑惧以外，真是不值一听。可是日出真是开始了。

当天与山划出隐约的曲刻界限时就是日出的开始。这天上骤然染了桂红，而且渐渐斑驳变化；山呢，一笔暗紫带绿，沉重，刚强，坚实，凡天下的巍峨都在这里了。星光渐少而渐淡，红的天色愈加燃烧他少壮之火，直线万条，辐射云外，不知他到几万丈而止，于是一片白雪，宛然如白布折叠，棱角凛凛。回头背面层峦，已被日光照耀，玫瑰红的散片云下，摆出神鬼迷阵，真引人登临呵，然而决非真实。群山之下是如镜绿水，这是安纳西湖，从形态而决定，但他的颜色是变幻已极。

日出是每天有的，湖景亦必随时逞其变化；人们鼓起勇气，竭尽奔跑，算是看到今天的日出与此刻的湖景。这大队的游客今天的所得不在于看了日出与湖景，却是在于从这奔跑所得的这个新觉悟。

正如爬山一样，无论什么盛大的感情，到了最高峰以后，下来时是没有什么可记的了，——可记的就是上去时的追忆与体味而已。章薛与他们的客人就是这样的下去了。

十一

这一切都是往事了,七年前的事了。他们回到中国担任教课,他们入国民党,听总理遗嘱,他们加入北伐,顺长江而东征。他们回到中国,想灌洒法国美景中所涵养的热血。然而都是往事了。七夕的月色如旧,湖山一切,丝毫没有交易,只要拿出薛黛的画幅来,可以看见完全是一个样子。然而人事是经历得多了。

惟有悲哀最能滋生希望,回想过去虽是悲哀,而悠长的未来完全在我们手下,可以让我们致力。正如一本书,翻过的页数最可增加继续翻阅下去的经验。

风景就是最好的书本,你一页一页的看过去,凡各人所需要的,都可在这字句间求得。

湖山虽然未变,章薛两人,从回忆七年前往事的悲哀而新得七年来未有的滋养。且看他们几年后不洒这所得的热血在中国土地!

一九二九年十月

(选自孙伏园曾仲鸣孙福熙著《三湖游记》

一九三一年九月开明书店初版)

庐山避暑

九江水边听唱

——心里想着音乐与戏剧——

九江水边，停泊许多划子，一只船动时，水浪激动许多划子，一跳一跳的上下波动。风是太没有了，男的女的，都仰卧在露天底下的船中，直视满天密密的星斗，粒粒红黄颜色的闪铄，是炎热高到极点的征象。

这个沉闷的长夜，比白天更是难以过去，夜是给人休息的，但在炎热中休息，比在炎热中工作更是困苦。

胡琴响处，歌声应和，这实在是消遣这炎夏的最好方法。

胡琴是很简单的乐器，但他感动人的力量很深。在一个高谈理论的人，一定以为胡琴的构造太简单；而爱摆绅士架子的人，一定以为这卑俗的东西，连听也不肯听到耳朵里去。然而，住过民间的人，懂得这乐器感人的能力；尤其是听惯这音乐的平民们，胡琴响起来，心就提起来，口中自然的加入唱和了。

一个壮年男子的声调，唱了一大段，词句虽未全懂，但开始说忠心保国大丈夫，以后说妻女琴瑟天伦之福，大意完全可以明白。于是女子答唱，这是女子的真喉音，并非男子喉音上做尖了口唇的假音。这一对男女对唱很久，都是用了很自由的音调，很尖利地攻入远近人们的心中。我研究这音调感人的理由，第一是词句的自由，完全出于口语，觉得自然万分，而音韵也全是惯用的成语，毫无牵强拉扯之感。其次是歌与乐的自由。词句像说语的淌泻下去，并不为乐音的多少所限，十个音的一句音乐，歌词有十余字或只有七八字，这自由中含有很大的意义。

我们自以为像的一个人的样子了，然而，每逢身临美景或者心有所怀的时候，口中想哼几句吐露一下，却一个字都榨不出来。京戏太不像东西，小调嫌俗，洋歌可惜唱不出。于是一口闷气只是往肚子里压下去。

我们算是以写文为职业的，可恨中国只有百分之五以下的人认识字。算到爱看我的文章的人呢，不但一百里面没有一个，一千万里面能有一人否乎？

图画是什么人都看得懂的了，可怜的我的图画，给人糊窗糊墙壁嫌太糊涂，丢在街上没有人捡去擦屁股。这图画老实连自己也相信不过：

吃了三十年的世界上的白饭，既不种田又不织布，口头上没有一句为民为国，到了死时还要一副棺材石板。

我想跳出这文字与图画的职业，拿一把胡琴一枝短笛，唱给大家听听。

上海庞熏琴黄宝熙诸友，发起戏曲音乐的组织，这实在是最有意义最有效力的运动。

我实在羡慕九江水边的弦歌者，他们歌唱到很快乐的时候，忽然听到街上有一队音乐经过，就高声的呼唤：

"岸上的朋友，大家来合唱好不好？"

岸上的人答应了，乐声向水边走去。

我忍不住地向窗口去看：是一个胡琴，一个琵琶与竹枝，后面一位穿着白绸衫裤的青年女子，手中一盏提灯。

王家坡观仙浴

今年庐山无云雨，要寻凉快，只有跑到泉水中去洗浴。

听说王家坡有瀑布，而且有美好的潭水可供游泳，所以冒烈日，不惜爬山过岭，走十多里路去追寻。从牯岭出发，初尚平坦，经过小天池以后，直向山谷下降。曲径蟠旋，不禁流汗浃背。

骤闻溪水澎湃，则见板桥如画，架溪石上，不胜缥缈云虹之感。到了桥上，见溪边巨石磷磷，如虹光闪烁。沿溪行，忽离忽接，至一茅屋边，路不通行，即在茅篷下休息饮茶，乡女告我以路径。于是，拨开丛草，寻得泥路而下。这就是刚才所见的溪流了。还没有到水边，只听得水声冲激，千丈水练，投入万丈深渊。

曲折行百步，果然是一片瀑布，雪白的倾泻碧水潭中，却不见潭水加满，而这瀑布有如爱情倾注，永不间断。

正在呆视中，忽见男女一行，飘飘仙意，耀我眼前经过，走向山顶而去。

他们是都换了彩色的浴衣了。从山顶下来，第一个是红衣，第二绿衣，第三蓝衣，均四肢裸露，壮健而美丽。三人由长而幼，好像是三个姊妹。其次是衣橘色者，银色冠下，双眸灵活，细齿皓洁,其庄严与羞涩,遮不住浅然一笑。橘色衣上,胸前绣一紫燕,如果我的话是说错了,那是我不敢直视这窈窕的天仙之故。再后是群仙之长,白色羽帽,青白相间的浴衣,艳丽与喜悦,率领全队跳入碧水中游泳。最后是男子们,亦一拥入水。在我们凡界是男子占一切之先,在仙界则女先于男。

这群仙男女,个个都善于游泳,绿水清澈,透露出水中的个个肢体,如一群彩色鸳鸯,竞渡天河仙地。他们顷刻都游到彼岸,在瀑布之下冲洗。我的炎热的身上心中,看了他们的冲洗而给我万分的凉爽。我入地狱,代人受苦;艺术家做美,使天下人都得美的滋味,甜苦滋味,本不必人人亲尝也。

游泳几回,笑语与美妙的姿态充溢这大自然的眉山眼波之间,我万分喜悦,恨不得立即报告人们,来此共享眼福。

浴罢,群仙团聚饮食,他们所餐必为琼浆玉露,倘若偷饮些许,必能永饱,必能长生。然而,他们的游泳,使我同受凉爽,他们的味尝,使我久不饥渴,用不着劳劳偷吃。

忽然间,云封山巅,雷声震撼。我猜测是将有什么变幻了,群仙们由水边起来,鱼贯而行,先顺溪流而下,各各飞跃群石间。至一大块岩石,上有七十八岁老人陈三立的题字,群仙坐卧谈笑,极尽和乐。不久,又飞跃而上,循山径探寻水源。遥望山顶,如灯彩一行,如蚨蝶双双。

大雨到了。我立即躲入岩穴中,不见群仙踪迹了。

雨渐止,我又探头岩穴之外,只见仙子们又嬗嬗下,但一步一跌,似狂似醉,又似触犯神怒而治罪。其中一人,俯首屈背,手执书本,常被他们尊为"教授"者,也重重的滑跌一交,似乎滑跌也须以他为模范的样子。

此后则团坐水边岩石之上，相互的绘画肖像，并对瀑布作画。

一直到了他们再换衣服，由教授执画在前引导而去，我如大梦初醒，想念我的初志，想念世上多少在炎热与勤劳中流汗的人们，我岂可终日观仙浴，了此终身！

疲倦万分中，勉力支持走回来，即将经过情形记述如上，并非戏弄无谓的笔墨，但求以一点凉爽的感觉，遥寄给炎热与勤劳中流汗的人们。

石头的牛头

在旅馆中，因为所住的是茶房的房间，虽然清凉，究竟太不方便，所以不怕炎热，常常出门找房屋。

庐山天气，往年在最热的时候，室内温度，在八十度以下，今年则超过八十度，有几天直至八十五六度。至于在日光中，往年原来也是很热，今年更甚了。庐山高出海面三千六百尺，最高峰约四千五百尺，故气候较寒，室内与树荫下均觉凉渗心肺。今年还是如此。可是今夏庐山无风无雨，饮料水大成问题，眼见旅馆茶房在臭水塘中汲水洗物，想必煮饭烧茶，也是这种浊水，心中实在比在虎列拉盛行的上海更加不安了。

在几次找屋的散步中，我们明白了庐山的轮廓。街市建立在牯牛岭的半山中，抬头见高峰枒丫，俯头则深谷千尺，一直可以看到土黄色的长江曲折经流。牯牛岭有石如牛头得名，简称牯岭，由九江入山者必在这石头的牛头下钻过人头。牯岭只是庐山群峰之一，并无古迹可游，风景也不见得如龙之睛，为什么街市与避暑山庄簇聚在这一块小地方呢？这个缘故当然很简单：最有名望的人就是最平庸的人，孔子为什么比老子庄子有名，因为他最是"中庸"。艺术家，要贯彻他超越独特的见地，那里肯与官僚来往以求文字的标榜呢。所以历来有名的文艺作家，只因为他的作品为多数人吃了适合胃口的缘故，最高最深的人们，却在抛弃中遗忘了。牯岭者正是不高不深老太婆小孩子都可爬上去的山峰而已。

庐山早为名胜，向传汉朝名匡庐者，相信道术，在山中结庐得名。以后王羲之陶渊明多有歌咏，李白朱熹又多读书讲学。而有名的寺院，分布甚密。但牯岭的开辟避暑村镇，这是近年来西洋所经营的。

四十年前，美国教士李德立购买牯岭地面一块，并无界石，以后逐渐伸张，县吏不知他是外国人，准其税契；等到晓得以后，便无从取销。至今牯岭俨如租界，欲收回而不得。其实这完全是弱国的笑话，私人购买地面，并未连行政权也买了去，既然外国人民无土地权，不论其有否税契，永远是没有土地之权，岂可欺骗蒙混，将错就错？但实际上问题并不在此，在牯岭可以公开的打牌抽鸦片而毫不犯罪，与上海租界上一样的权利，而且另一方面是道路整洁，保卫周到，非普通的中国城镇可比，所以大家乐得做一做亡国民，谁也不想去收回这牯岭的行政权了。恐怕还很有人希望这种租界的扩大呢！

牯岭的几条街道，有河南路宁波路等名称，宛如在上海公共租界的样子。

洋货店有大小五六家，罐头食物，化装妙品，各种东西似乎都有一点。价格自然比在上海昂贵三成五成，第一因为从上海运到九江已经不容易了，还要加上从九江上山，二十里路的汽车，二十里路的肩挑爬上石级。如果工资如外国苦工的价钱，这货物的运费必定超过货物的原价一二倍了，现在市价只加上十分之三，算得什么呢。

可是街市上买不到文具，小笔还有，宣纸颜料之类，简直不可得，据说在九江也不能买到。我没有带画具，原来是以为养病去可以用不着；岂知病好起来了，看了好风景实在手痒，连"画饼充饥"也是不可能。商务书馆与中华书局均设有分店，所卖者大概是白帆布胶底鞋子，与五颜六色的游泳毛衫而已。

一次又一次，牯岭的街市算是走遍了，房屋仍然没有找到，在炎热的太阳中仍然回到茶房的房中睡觉。

庐山云雾不能使我迷糊

从仙人洞可以望见御碑亭，走到御碑亭前，已不能望见仙人洞了，盖云朵从锦绣谷起来，片片浮游，遮断眼前的一切。雪亚在我身旁，看了高山深谷，原已有点动感，等到眼前一切都成幻灭，不禁怪异的问我：

"这是怎么一回事？什么东西都不见了！"

"等一等仍然还给我们的，一切的所有。"

庐山多云雾，所以有不能看到庐山真面目的形容。可是今年无雨亦无云，整天的面对面看着庐山，庐山并不羞涩了。登山以来，第一次是在御碑亭前看到庐山的云雾，难怪雪亚的兴感了。

我们各以铅笔勾勒在云雾中出没的山水峰谷。

在御碑亭前可以望见文殊台，天池寺及舍身岩。

到了文殊台，看深谷更是峻险，向传晚间可在这深谷中看到许多浮动的灯火，想系磷火之类，僧人称为佛灯。王阳明诗中说：

老夫高卧文殊台，拄杖夜撞青天开，
撒落星晨满平野，山僧尽道佛灯来。

晚间此处悬灯，称为天灯，虽系佛家惯习，但在四周远望，确能增加美与信仰的意味。

天池在山岭的尽头，又是四周深陷的绝顶，在这孤峰中竟有一个池，长宽三五丈，而池水终年不干。这是因为与远处高山的水路相通，与城市的自来水可以上几十层的楼屋一样，这是物理学上连通管的作用。但如此天然巧合，能使这里养鱼住人，算是难得之至，名为天池，不算过分了。天池寺后面有半月台，遥望长江一带，在群山烟雾中奔流曲折，人生曲折又得一个比拟。

寺旁有石岩如喷水龙头，悬挂削壁之上，这就是舍身崖了。在这崖上纵身一跃，自然是毫发无存，消灭尽净。但如此凶残的自然势力，稍有勇气者到了这里，必欲竭尽挽回抗争之力，所谓"悬崖勒马"是也。纵身一跳，确是最大决心，但又何不以更大决心与这无知的顽石抗争呢？我挺了腰背骄傲的走了回来。庐山的云雾不能使我迷糊。

长距离游

屡欲作长距离游，但日光猛烈，而病后气力尚未完全复原，总以为一时还不离开，且等待来日。然而时间过得很快，事实上是不能再延了，于是决定作二三日远道的游行。

觉之与我都愿意步行，本想雇一顶藤轿，专放食物，并备意外的应用。但我还想争回我以前跑山的习惯，简直不设后备。于是只雇挑夫一人，只带了水果面包各种罐头食物与一个热水瓶。

大早出门，挑夫引我们上牯岭高岗，仅是向云雾堆中钻进去。这样的开头，知道这次的出发是有一点气魄的。山顶左首，名为女儿城，右首则一片平原，名为大校场，明朱元璋征陈友谅时，在此驻兵。四周有石块堆叠遗迹，或者以前是有过粗简的建筑。

越过高岗，陡然一惊：大风扑面而来，正在抵抗中，望见海天一片。当初疑心是什么海，其实当然是鄱阳湖。

云霞阵阵飞舞，透露日光的万缕金丝，我可看到太阳之所在了。然而太阳之上又有岛屿，层层远近，这不但是仙境，真有所谓天国了。其实我所猜测的太阳，只是太阳投在湖心的影子。有名的五老峰，就在这里危然监视。

这个水天幻境，不禁使我心头鼓勇。

从此一直下山坡，经过九叠屏山边，忽开大水冲泻，不知其何来何去，绕山曲折行，到了一个石亭边上，这水声就从右首吹来，这就是与五老峰一样有名的三叠泉了。从亭到泉，远隔深谷，只见水柱一条，从巨石上挂下，蠕蠕转折，有如龙蛇。泉到第二段倒在石潭上，声尤宏亮，水花飞溅，激成烟雾。但相隔甚远，畏怯者幸可不必逃避，而爱好者没有方法去亲近。闻西洋人有从侧面小路走至第二层潭中洗澡者，但石壁峻削，不能走至最下一层。

对三叠泉沿山行，一路都是断崖千尺。苍松瘦削，倚崖危立，作种种险怪形态。愈使人惊疑不安。这断崖全是层叠纹理，不知何年何月，原是海水湾角，久经浪涛洗刷者。一路来仅是三叠泉奔腾声音的威逼，不走十里路不能躲避他的扰嚷。

愈近山麓则天气愈热，而正午的太阳又是逼人太甚。我们走在平地上，已是鄱阳湖边。这里的道路两旁，都有大石块堆叠作短墙，其返光强热，如在蒸烤。见到桥下大溪，觉之迫不及待的要洗澡，我是连洗澡的兴致也没有了。挑夫说再远是有的，于是再走。

到了小镇，幸有路亭，而且供给茶水，于是像死去的坐了下来，承老妇借我们芭蕉扇各一把，可惜没有了用扇的气力。

绕五老峰一周

从白鹿洞走至码头镇，休息。本欲直往万杉秀峰归宗诸寺，可以看青玉峡香炉峰诸名胜，但一天不能回寓，时日匆促，只得回来了。因此折回北向，走向栖贤寺了。

走到树林茂密处。溪水声声清冽，骤见很高的圆洞桥，旁边有一石亭，泉水滴滴下垂，题为天下第六泉。

桥即观音桥，我们从桥旁爬巨岩缓缓下，走至溪水边，抬头望桥下圆洞，高约五丈，而两面桥堍着根危岩上，真是惊人。

这里的潭水很深，名为金井。我们就在这里取凉洗澡了。天色渐暗，雨滴骤下，觉之高兴万分，说这是天公做美，给我们一个天然的淋浴。我们的衣裤完全被雨打湿，而我们有凉爽与快乐，再不计较衣裤之干湿。

过了一个钟头，雨下不止，这有点不大好了。潭中鲫鱼翻身跳跃，在水中现出金光闪烁，觉之说幼年时很会捉鱼，于是，我们立在大雨中俯身按摸，消遣了这大雨中的困难问题。

然而我的大蒲帽底下的照相机也已着雨了，于是我们只得穿上浸湿的衣服就逃，逃到桥边的寺中去。

细雨未止，我们冒雨行，看到玉渊中溪水投入深潭，激成漩涡。旁边光滑的大块岩石，真易使人滑跌下去，所以四周均筑石栏，以资防范，但石栏也有滑跌入潭者，从此知石栏并非完全可以凭靠也。

到了栖贤寺，雨又大起来了，我们坐下饮食，等身上的衣衫渐渐的干燥起来了，雨还是没有停止。

五老峰忽隐忽现，云雾走过一阵又来一阵，一直等到只够走回牯岭的时间了，我们只得在细雨中起身。我们的身上是一件露臂出腿的浴衣而已。呵呵。

此后是步步爬石级了。这里有三千几百石级，真是累得我不想回来，如果家中没有人在等待。

　　　　我俯头看石级，
　　　　总觉前有路亭，
　　　　等到仰头注视，

只见石级无穷。

不管石级粗糙与潮湿,我在地面坐下休息。

鄱阳湖的广阔,
恢复我的筋力。

我又追赶前行的觉之,不料自以为善于跑山的我,已经是这样不行了。

真的到了一个路亭,名为"欢喜亭",行人爬到此地,都是欢喜了,然而,这只是半路,我还是不见得欢喜。我只希望这是病后的现象,将来还如以前的善于跑山。

好的,终于走到含鄱口,这是到了山脊,此后是只要下山,就到牯岭了。

两天来,绕了五老峰一周。

(刊《南华文艺》第一卷十四期、十六期、十九期,一九三二年七月十六日、八月十六日、十月一日出版。)

什么是女性美

我们常听人说某姑娘美，或说某人的未婚妻比某人的妻更美的批评；在女子道中，他们也常谈论自己的谁美谁丑，而且用了美与丑为恭维与谦逊的条件。又或用为自傲与轻蔑他人的理由。照这样看来，他们心中必有美与丑的标准是无疑的了；然而，试对他们发问，怎样的才是美？或者问，某姑娘为什么是美的？大多数人必定张嘴答不出来；嘴强一点的会回答你说，美的便是美，有什么"怎样是美"或"什么是美"的可言呢？

我也听到过人家说，"某夫人真美，他的脂粉擦得与众不同。"你看，奇怪不奇怪，称赞人美而称赞用以掩饰丑恶的脂粉，岂不可笑？要是被称赞的是我，我一定要恨他是在说我丑，有如客人称赞茶热是说主人的茶叶不好一样。有的人说女子之美是在裙衫之合式，这还不免是一个笑话，说人的美，怎么说在人身以外的衣裳上面去了呢？衣服是身外之物，虽然于人身之美颇有映照，但究竟只是副件，不能举以说人身的美丑的。求能于我们问他"什么是美"的时候回答说某姑娘眼睛大得可爱，或说某姑娘手指细巧动人者很是少数。

但这种情形实在是很难怪的，中国向来虽很乐于描摹女子之美，但只是直觉的，只是各人眼中所认为的美，从来没有人综合各地及各人的感觉作系统的研究者。况且大多数的描写也只不过是"脂粉擦得与众不同"之类，而且只是相互抄袭，并不出于自己感觉所得的。

现在好了！吾友季君志仁译成《女性美》一书，这能使欲赞美女子之美而苦没有言辞者有所凭借了。《女性美》是法国医士 Gaboriau 夫人所作《妇女的三个时代》书中的一部，他按照女子身体的各部，从头，面，以至于颈，肩，腋，上肢——上臂，前臂，手，躯干，胸，乳，腹，背，腰，臀以及下肢——大腿，小腿，脚，逐部分析而定下美丑的标准。

诸位看了这部书能够得到一个对于女性美的新标准，至于你从此能够知道你之所以爱你情人之故倒还是小事。

我们平日常见小说或其他文章中欲形容女子之美者，只是写着许多美字，不见有什么字句的形容；至多也不过天神仙子怪可爱的一类词句罢了。现在有了这本书，以后之描写女子者当有所根据，好比观花者之已学习植物学，一朵花上手，就知道萼瓣雌雄蕊与子房的地位，又能观察这种各部的形状色彩与别种的异同，而推究其各部之与长这朵花的植物本身有无特种关系。

最可怜的：中国学画的呼声不算不高又不算不久了，但不见有一本艺术解剖学或一位教艺术解剖学的人。季君翻译这部书，对于文学以外，对于学画学雕刻的人也是一大贡献。

本书中处处给我们一个总括的规定，例如他说：

倘若我们要想替女性身体上的色彩美定出一个合于美学的公式来，可以拿下列两条来包括他：第一，色彩须为谐和的渐进。如皮肤的洁白，头发的淡黄，眼睛的浅蓝，嘴唇的玫瑰色，牙齿

的洁白；第二，色彩须相反的，或对照的，可以发生较深刻的印象而并不难看。如雪白的皮肤，配以漆黑的头发，浓暗的眼睛。

我们有了这种大纲，当描写一个女子的时候，就可依据这种标准而斟酌节目上的差别了。

是的，各民族的体质不同，而且各民族批评自己的美丑准则也各异，我们不能依据法国人做的女性美定则来批评中国女子，即使以之去批评英国人意国人也未必适合。这正是本书中所竭力注意的问题。但这问题并不如我们所设想的重要，因为罗色耳告诉我们说："我们将要相信大自然在女子中间，只是为了风致及装饰而尽力，倘然我们不知道他们还有更重要，更高贵的目的存在着；这更重要，更高贵的目的，便是个人的健康与种族的保存。"我们要知道大自然之为了女子的风致及装饰而尽力的做美者，全为了最重要最高贵的目的：女子个人的健康与种族的保存之故。无沦那一个民族之爱女性美，都是为这最重要最高贵的目的所指使是相同的，所以各人对于女性美的标准决不敢有大差别。我们试看书中所举阿剌伯人评女性美的律例，他们以为一个美的女子要适合下列的条件：

四件黑的东西：头发，眉毛，睫毛，瞳孔；

四件白的东西：皮肤，眼白，牙齿，腿；

四件红的东西：舌头，嘴唇，牙龈，面颊；

四件圆的东西：头，颈，前臂，足踝；

…………

这与我们的观点大部是相同的。

书中又把欧洲人的观点填成很详细的表格，他说，美的女子当是皮肤细薄，皮粒细微，身体表面完全平滑的，皮肤有弹性而紧张等等；反之，皮肤粗厚，皮粒粗大，鸡皮肤表面粗糙不平，皮肤宽松而且有折痕者不是美的。我们又可以明白，这种条件与我们的也是相同的。

有的，确有许多女性条件是与我们在中国书中所认为美的条件不同。大家知道，中国太以女子的病态为美，"弱不胜衣"只是病罢了，何尝是美。中国常把对于女子之怜误认为爱，所以竟致赞扬病态为美了。我知读过这本《女性美》之后必能矫正这种谬误观念。而大多数女子因为社会给他们不正当的奖励而在斫伤自己身上天赋之美者，将一去从前恶习，依照真正标准，代天作美，使身体充分发育。这是季君将来对于新女性的大贡献，我所能预定的。

一九二六年三月

（刊《新女性》第一卷五号，一九二六年五月十日出版。）

不 死

我自幼很爱养小动物，南瓜棚下捉来的络纬娘，养在小竹笼中，给他南瓜花，他碧绿的静在橙黄的花上，用他口旁的四只小脚——我以前这样称他们的——拨动咬下来的花的碎片，放入口中。在河埠头鱼虾船中买物的时候，我总凝神留意，有什么方法可以得到一只小虾一条小鱼，最爱是有花绞的小鱼叫得花罩的一类。我取了来养在碗中盆中，看小鱼的尾巴拨动，有时胸鳍瑟瑟的煽动时竟能毫不前进或退后，也不下沉或上浮，我称为"静牢"的。还有麻雀，蟋蟀，金铃子等等，我都爱护而乐养的。

然而他们都要死，络纬娘与小麻雀常被猫吃去。小鱼们常常不知是什么缘故的浮在水面，白的肚子向上了。蟋蟀金铃子也是一样，每次养着他们，总是为了种种原因或者还不知是什么原因的死了，至迟养到十月过，他们总必冻得两条大腿直伸而死的。

在每次见到这种我所爱养的小动物之死，我必定想，要是他们如我们人的不会死，多少好呢！

七岁以后，我就知道人也是要死的了。我的曾祖母之死是第一次使我有这个智识，然而我毫不畏惧。"临终"时，父亲要我们大家都叫起来，虽然曾祖母总是没有应，我却如对于熟睡的人一样待看，等到这位沉睡的老太太口上积起白沫的时候，我还毫不惊奇的去告诉母亲。后来大家扛了出来，到房门口，两脚向外出来的时候，我正对面立着，只听大叫了起来，说小孩走开。因此我觉得这时的曾祖母与以前自己走出来的曾祖母是不同了。然而我没有觉得死之恐怖。当母亲对我说，"此后小心些，我要打你的时候，曾祖母不来劝的了！"只有这时使我有些觉得这是我的损失。但并不想到死的本身。此时家中人马很多，种种举动都是未曾前见的。父亲穿了白布大褂去土地庙"烧庙头纸"，成殓的时候又去"买水"，凡署名的地方都称承重孙。这几天内忽然棺材抬到了，忽然用皮纸包起许多包的化石灰，说是放到棺中底部的，忽然园中斫来两株高竹，在屋前对竖起来，挂上灯笼，灯上写着"天灯"。这种一切新鲜景象闹得我颇高兴，而且此后每隔七日道士和尚们烧幡，骂狗，解结，吹法螺，坐乌台等等，于我都是初见，所以虽然是丧家的事，却引得小孩们热闹，不使我起哀死之感。

不到一年之后，曾祖父的死临头了。这是吃蟹时节，我还想吃上一餐所剩的蟹，但母亲说，"今天曾祖父故了，要斋戒的了。要听话的，他是如此爱你们的！"这一句话还不能使我觉得凛冽，于是照曾祖母死时一样的看丧家的种种热闹。然而，大概因为不觉新奇了之故，我也觉得无聊。而且，家中缺少两位老人以后，冷落多了，况且家景也渐萧条，我就不自知的把一切冷漠归原于死，从此渐知死的悲哀了。

九岁的春季,我已寄宿在人家读书。一个晚上,我回到家中来,父亲病睡着,阶前石凳上放着园中拔来的草药"金钥匙",母亲指着对人说,"本来自己有这种草药可用的,后来想起来,已经迟了。"这草药,父亲种着的,说是可医喉痛的。谁用这草药迟了呢?我于好久时间内不见灿弟,还从许多口气中可以听出,一定是他死了!然而我不敢问。父亲只从帐门里探头出来看我一看,母亲问他要留我在家否,他说,"还是让他去。这种病是要传染的。"

回到书馆中,我伏在书案边大哭,同学知道了,就去告诉书馆的女主人们,于是他们拉了我去盘问我,我说,听口气,一定我的弟弟死了。

只隔了三天,四月初一的半夜中,忽然有人叫醒我,说家里有人来叫,要我就回去。我眼光还未清醒的出来,见来的是剃头司务七十。他说敲门很久,里面因为大雨不易听到。他指示门上,说他用砖块敲门,敲破了好几块。确实的,门上留着许多痕迹。

他蹲倒来,要我在他背后抱住他的项颈,他立起来,又张伞我的顶上,在大雨中背了我回家来了。

母亲引我到房中床前,对直挺的睡着的父亲说,"阿文回来了!"转过头来对我说,"叫爹呀,阿文回来了!"

这样的叫几声,没有回音,而大家又引开我了。他们给我穿上白衣,又由七十司务陪我到土地庙去"烧庙头纸"。如曾祖母死时父亲所做者一样。将要到庙的时候,雨后积水的路中,在黑暗里，一匹白马挡住我的去路。我幼年时是很怕马的，所以凛凛然的以为这必与父亲之死有同一原因的。在庙中烧过纸，要我到柱上去摸三下，据说这样可以解脱父亲，死后的人被鬼神逮去，一定系在柱上的。此时死之畏惧已十分紧压九岁半小孩的心了。

在灵堂的白布后面，父亲长睡在板上，母亲，坐在低凳上抱了澄弟守灵，我看着父亲的尸体，又看看母亲与弟弟，这时除这两方以外什么东西都不在我注意中了。母亲稍带呜咽的对我说，"以后做人处处要小心，你们是没有父亲的小孩子。"呵，没有父亲的小孩是要处处小心的！我寒战了。

父亲于上一年所种的牡丹花盛开着，但他自己没有看到这花的盛开。但因是大雨之后，花叶都低首了，在这景象中，我的哥与我匍匐着，回礼于成班来吊的人，但我们还开始担负家庭的困苦，有如匍匐着的看成班的人进来讨债，搬东西，而且很很的欺侮我们。

丧事完了，哥又往城外十里的乡校读书，而我也去了。家中留着的只有母亲与不满三岁的澄弟。我们在学校，每望见城中火起的时候，必定相信我家也遭劫；如果报上见到城中发生瘟疫，必定相信我家传染了。每三五礼拜回来一次时，戚戚的怕走进屋来看见不幸的景象，春秋则阴雨的凄切，夏季则猛烈的太阳，院中花坛泥地如白蚁吃过的书页的碎裂。当走进屋不见澄弟时，就猜已如灿弟的死了。母亲大概是知道我们的意思的，立刻说澄弟是睡着。久远的挂念到此时算完全放心了，但只有一天可以保持，明天再往学校时，挂念又要开始了。

每当初夏回来的时候，晚间天渐渐的暗起来，室内便渐渐的阴森，南风吹来，闹营营的市声中辨别得出人的叫喊与狗的狂吠。母亲总说，"声音这样的扰，一定时势要不太平了。外边时疫极盛，你们走来走去小心些！"阴森之气愈盛了。当母亲拿了煤油灯走向灶间去的时候，正屋中只有两条草芯点的菜油灯盏的，橄榄核的一粒火，照不出对面的面貌的；所以我们就都跟了母亲走，母亲称我们为熟荸荠串进串出的。经过檐前，母亲手中的灯光投射阶前石凳上的花草与院中的桂花的影子到灶间壁上，如大树的幽暗森林。灯渐移过去。花影也渐渐的从花坛边至照墙至仓间，愈移动愈觉深不可测。

我不知道哥与我在学校时的家庭更是如何的寂寞的。

暑假时节，哥与我都在家中。一个晚上将睡的时候，我忽然发现我右手脉上有一条红线，从掌边至小臂中部，约有三寸之长，隐约的在皮肤之下。这时节城中正闹"红丝疗疮"传染病，听说这病像是有一条红丝从手臂延长，通过心中，再延至他臂，病者就死了。但也有只到心窝就死的。红丝的延长是很快的，有如太阳光的可以看出微微的移动过去的地位。虽然走得很微，小小一个人，从手到心的一点路，有多少时间可走呢！但据说只要用鲜枣在红丝头上擦起来，就不长上去了。于是哥黑夜赶到市上去买枣子。

哥急急的回来，说买不到枣子，水果店都已关门，不肯开了，说卖鲜枣的节气已过了。但想到或者干的红枣也可用的，所以去敲南货铺的门，因为声明是去医疗疮的，才肯起来开门。

大家忙了一大阵，所谓大家者只是母亲哥哥与初学步的澄弟而已，总算毫无不适而红丝渐渐淡下去了。

于是一家四人如旧保全了。

澄弟十周岁以后的夏天，我到以前读书的乡校当教员去了，他同我去读书。大概只过了一月余，他病了。我送他回来以后就想往校，因母亲之留，在家只住了几天。等第二礼拜来城时，澄弟已黄瘦万分，口唇与舌苔全焦裂，如久晒太阳的一块墨，回想当母亲还要留我而我一定要到学校去的时节，澄弟在床中微微转过头来说，"我有病着，你还一定要去！"我以前似乎是勇于为公，到了这时知道成为不可追悔的错误了。

澄弟死了，放在堂屋地面的门板上，我们陪着，哥含泪执笔追记澄弟生来的聪颖与种种困苦艰难。

我开门到外边去小便，微寒的大气照在清白的月光中。忽然听得照墙暗角中急骤的发声，狗般大的一只野兽爬上墙去。他还回过头来看我。短颈尖嘴，而两只眼睛是圆大的，棍圆的肥大身体，前脚短小而后脚高大的。他从容的走着，似乎在讥诮我是厄运的人。进来时我告诉母亲，他说，"野兽的鼻子是很锐的，一定闻着室中有这个了所以来的！"

在里昂，我见到许多使我推究生死问题的事实，但姚君冉秀之死是最大的一件。

在混乱的里昂中法大学学生伍中，姚君毫不分心的自己浸染在学问中。当什么改良膳食运动的时候，大家屏拒学校的饭菜而各自往外间饭店去吃。忠厚的姚君少出门，不知道饭店之所在

的，但不愿破坏团体之所为，于是饿着无处吃饭了，后来幸亏有人见到了，始同他去吃的。

然而天是最会欺侮善人的，他病了，一病竟死了。

当我去医院里看他的时候，他已瘦得如铁棒的了，他说要我画相。但立即声明是要等病愈后回复原状时。

此后我所见的仍是这种样子，但已是死的了。当大家为他照相为他成殓的时候，竭力的想给他安适，给他光荣。然而我知道，棺材的漆如何的黄亮，衬褥的绸缎如何的美丽，都不是姚君所计较的。

我相信在死边上走过一趟的人必更能懂得生的意义。我虽没有走到死边，但体味他人之死已不少了。我从他们的死归纳而得我自己以至于一切人的死。于是我好比深坑在我后边的只知往前走。这样，我得到许多印像，觉得我们确实是不死的。真奇怪，因为怕死惯了，反觉得是永远不死的了，这是怎么的呢？

一九二六年六月六日。（为《含泪的微笑》补写）

（刊《一般》创刊号，一九二六年九月五日出版。）

绍兴通讯

岂明先生：

绍兴正在努力建设了。

大街上，从大江桥一直到水澄桥，两面的房屋，不论是什么店，不论是旧屋或新建，都依照规定的尺寸，像刀切一样的划了一条线，一概都拆改进去，现在虽然是满地断砖碎瓦，禁止车马通行，连不被禁止的行人，也不能通过，但有一天完工以后，其街道之平直，一定比一只手上的五个手指一样齐，比天下的人一样高的实现更是一个壮伟的奇观。

不过，正如一切豪举一样，这拆屋的国家大事中也有相当的轶事，可使我们题外的体味，这轶事不是拆屋时发见一条五头大蛇，也不是那一位拆屋工人的老婆偷人这一类轶事，乃是，很简单的，有几间房子拆得很引人发笑。大街房子原是参差不齐的，有的房子，于拆去半间以后，就把柜头移进，几个伙友坐在店堂中，肩背相挤，失去了以前可以随便踱几步的地位，有的只剩了一条狭檐，不但不能放柜头，放货品，要让伙计们单行横排的立着也不够地方了。人家于拆去以后，就加上一个门面，居然遮住了一切寒酸的内容，而且门面上涂了黄沙，人们一见就称他为洋房，时髦得很，可怜这种狭小如屋檐的店面，只得听街上走过者

的窃笑声，连做起一个洋门面来遮掩倒楣遭遇的资格也没有了。

据说，照规定，头等路宽三丈六尺，二等二丈四，三等一丈二。三丈六算得什么呢？幸而现在还只知道马路要宽，以便拉人力车开汽车，有一天知道马路的必要条件，除广阔以外，还要种树，那时当然再下一个命令，再划一条直线，要一概店屋再行拆改进去。而且，有一天知道了店屋与街路一样的要宽广的时候，当然再下一个命令，再划一条直线，要一概店屋再行拆改出来到街中心。每家店屋的后门原是藏垢纳污之所，这是不损体面，所以无人干涉的了。现在店前既窄，只得竭力在后门推挤。厨房，茅厕，卧房，储藏房都在这里，然而因为马路已成新式，建设事业已告成功，再有天大的事，如果有人提一提，不就是反革命吗？于是天下太平了。

水澄桥上的漱石斋刻字店已经拆去，不知搬到那里去了。望江楼自然不再有楼，将来总有望江路或者中山路这类名字来替代，而楼下有名的馒头摊，算是还没消灭，躲在附近小弄内营业。

"有破坏然后有建设"，这名言正与"有战争然后有和平"，一样的有英雄的气概。不过屠夫未必就是英雄，做英雄也不必一定要杀人，我觉得，在宽阔的平地上去建设起新屋新市，更是英雄气概一点。绍兴有的是空地，五云门外。两郭门外，在宽广的田地上，规划起新式的辐射状的马路，不仅可以拉人力车，开阔人的汽车，还可以实行世界第一的梦想。至于在旧市旁边另建新市，原是各国早已通用的办法，外国不见得像中国的多英雄，也不见得像中国大气量，肯把固有的东西在建设的美名之下白白的丢了。季谷兄对先生说，威尼斯真好玩，因为他很像绍兴。他之爱威尼斯，不免有爱好故乡的分子在里面，而多少欧美人东方人不是生长在绍兴，没有到过绍兴的，也是爱在威尼斯的湾曲水上，狭隘街道中游玩，说威尼斯真好玩。我敢担保，威尼斯的建设大家，有一天听到绍兴拆宽街道的新闻，决不起而模仿也。

至于桥上开店，自然不合建设家心中的谱，因为我相信美国是决不在桥上开店的。不过他们却也知道爱好意大利佛罗棱斯的古桥，多少美国的及各国的旅客都要到这桥边游玩，作画或照相。而且在桥上买些珍贵及本地名产嵌瓷细工的装饰品，作为纪念，作为送人的礼物。这桥上的店屋不仅望江桥下的馒头摊的一家而已，桥的两边全是房屋，用斜支的柱子撑出桥外两面，如绍兴河上的过楼一样，这上面就盖起木屋，参差不齐，色彩亦新旧不一，约计二三十家之多。

中国是最会摇尾巴的国家。所憾现在没有钱，有一天手头宽裕了，也要学学阔气，造几座五十层八十层的摩天楼，以示与世界上最阔气的国家并坐并行了，至于有没有人爱住这高楼，倒是不关紧要的。再有一天莫梭里尼阔气了，绍兴一定会产出一班建设家，下令在望江桥水澄桥上建造起佛罗棱斯古桥上所有的房子，却不准摆馒头摊开刻字店，只准一律卖意大利的珠宝嵌瓷的装饰品。

到了那时候或者也好了，但要等莫梭里尼打到中国的时候再讲，这是后话。但眼前实在干枯极了，我想给侄孩们买些玩具，从清道桥一直到大江桥大路，竟一件也没有。我记得幼年时很有许多玩具的，你在讲"河水鬼"文中所提到的花棒槌，我也玩

过,现在连烂泥菩萨也买不到一个。至于泊来品的玩具呢,也是没有,总算全大街有两家洋广货店是有一点的,不但数量极少极少,而且陈旧不堪。我勉强的买了一个日本做的不倒翁。他的重心不用水银而用一片铅钉在底下,倒了以后是很难再起来的。

我不知道,不用玩具的绍兴小孩,成人以后,将是何种样子。

不用玩具的绍兴小孩子不得不找别的游嬉。我在府横街(现在不知道叫什么街了)看到小孩的一个游嬉:街上睡着一只童年的狗,满身癞皮,已经不留一毛,一个裸体的小孩畏惧的俯倒去,在这只狗的脸孔前挥手,狗并不起立抗拒,于是他在狗颊上打去一个耳光,而自己立起就逃。这只狗,大约因为癞的缘故,懒得毫无抗拒的意思。而周围的十数小孩赢得全数狂喜。倘若这是一只多毛而怪活泼的哈叭狗,躺在绿绒如茵的沙发上,一个秀美的小孩,伸出肥嫩的小手,在狗脸上拍一下,而这只狗因为爱孩子的骄憨,毫不表示抵抗之意,小孩的父母或旁人见之,其有不觉小孩为可爱的吗?然而府横街小孩的打癞皮狗,却使我不以为然,他的父母,或旁人见之,也未必觉得这小孩为可爱的吧?背景不同,其意义完全变过了。

漂亮少年穿上笔挺的西装,自然是漂亮的(听说近来穿西装要捐了,穿绸缎的袍褂者更加漂亮,因为还加爱国的美名),这种少年从小街里得意洋洋出来的时候,我不但不觉得他是漂亮,而且代他肉麻。马路无论如何的广阔,衣服无论如何的华美,在没有智识的赤膊人们的油汗满背群中挨挤出来,有什么可以漂亮自豪呢。吞着面包,吐着"也是",自以为与高鼻子一样身分子，没有骨气的蜗牛，自以为伸长时同长蛇一样，这是同样的自豪。

现在绍兴正在招兵，有一天绍兴兵打到北平时，我与你可以免为敌国之民，而且可以自由通信了。

讲到招兵，也有一点轶事，大路杏林菜馆的帐房先生忽然被警察们拉去当兵了，拉夫而到店里面去拉，殊属创见，所以大家都注意这帐房先生出杏林而入枪林的理由。据说这警察们曾经到杏林吃喝后，要求挂帐，帐房先生要他们现给，于是警察们上了帐，到招兵时就来清算了。

龙山有改建公园之意，名字已经拟就，叫做"中山公园"，并非龙山公园，从此龙山也改称中山，向龙王求雨改向中王，自摸龙凤开罡也改称自摸中风。

还有一件新闻，绍兴近来很热闹，尤其是天初明及初暗的时候，大队的蚊子嚷得真起劲，也许是在讨论他们的普罗文学，也许是在讨论他们的党国大政，这于我毫无关系，但他们遍身的刺人，一个不小心就吃了我的血，使我一块肿。

孙福熙上

八月十三日

（刊《南华文艺》创刊号，一九三二年一月一日出版。）

朱古力的滋味
——序曾仲鸣的《东归随笔》

中国与法国间的一条海道，经过的人是很多的了。多少人在这条路上经过，动情，而且用文字记述这路上的见闻与感想。因为写的人多了，所以很不容易写得出色；但也因为经过的人多了，而且还有许多人要去的缘故，所以写这条路上的游记，更加是有意义。

《东归随笔》的作者曾仲鸣先生，走这一条海道已第五次了，所见所闻，当然积累很多，而每次季节不同，时代不同，不但事物新颖，还可先后比较，免除以一概全之弊。

一九二五年一月，我从法国回来，与仲鸣兄夫妇同行，这一月余的同船中，每逢晨曦夜月，我们共同赞叹，各埠衣冠文物，我们又共同批评，我们觉得这旅行生活的丰富，使我们希望永远在此船上。这时候感情之盛，与计划之远大，是很值得保留下来的。但我们无暇顾及，只任美好花鸟，在春风中消失。回国以后，我勉力的总算写了一本，就是"归航"，而仲鸣兄则因事务繁重，并写他专著"法国文学丛谈"及"法国的浪漫主义"等书，竟未能把当时可贵的经历写成游记，只留得当时路中所写即景诗十余首而已。

此后，他经过这条海道又三次了，这最近的一次中，却毅然决然的随时笔录，他抓住了一路可贵的见闻交付给我们，不但上次的珍宝重新找到，而且增添了许多新的花朵。我一口气看完以后，十分钦仰而愉快，特请他付印，介绍给熟识此道与将走此道的人。

诸位都早已知道，仲鸣先生是介绍法国浪漫派文学的先锋，他刻刻以介绍浪漫文学家的生活到中国来为己任，而且刻刻以浪漫文学家的情趣来鼓舞他自己的生活。然而社会总是极力拒绝优美东西的，到了今日的中国社会，沉寂已达极点，见了浪漫主义强烈的情感，岂有不冷然抵抗之理，所以仲鸣兄的介绍是很难见效的。他不取大声疾呼的方式，也不标新立异，炫耀耳目，他的致力学术以至他对于一切的人生态度，是最轻浅最活跃的，有如晨霭笼海，有如蝶影恋花，不必用斧凿的刻划，自成珠圆玉润，顷刻间香消人散，不再见斑痕丝毫，这轻浅的生活之可贵，就在于不留痕迹而永远保有美满的印像。

我们要了解这种生活的滋味，可在东归随笔中求得。这一条中法交通的海道上，海天气候的变幻，人种与出产的繁复，实在是丰富极了。不过，我们不知观察的人，有的只觉得新奇引目，不知道他的内藏至理，于是下一次再见时，就觉平淡无奇，使人厌倦。还有的是视而不见，不管这一路的景物何等丰富，任他烟云过目，毫无动心。我就是兼有这两种缺点的人，看东归随笔中多少美妙的诗章，在我的"归航"中去找寻，是一个字也没有的。这种诗景都是我同时赏玩的，但在我是毫无所出。当我第二次到法国去时，又经过这条路，觉得完全与上次相同，简直不能

再写，而且不能再看了，我曾写"平凡的海上重游"小文一篇，表白那种困难的情感。而仲鸣先生虽是第五次旅行了，还是从容解析他的见闻与情感，表现他的浪漫文学家的生活。

"沙哥，你爱你的母亲么？"

沙哥答：

"我爱我的母亲。"

"你爱你的母亲呢。还是爱朱古力？"

"朱古力。"

东归随笔里面有这一段妙文，倘若我是沙哥，我一定说：我爱你这问句爱过你的朱古力糖。我真爱这文句，尤爱作者处处以这态度接物的人生，他这种最轻浅的态度，产生最严重最深刻的人生。

著者详述他在路中如何的读书，如何的遇见安南人伊云里与"临时公主"一班人物，还与美人"堕马髻太太"的周旋。最后，他还沉重的表现他对于慈母与祖国的情感。

我自信了解仲鸣兄甚深，故敢不避简陋，作此介绍。内容酸甜，谨让读者自去体会。

孙福熙

一九三一年初

（刊《南华文艺》第一卷二号，一九三二年一月十六日出版。）

普陀海浴

雪浪：

　　首先要告诉你的，是我近来对于海天兴趣的浓厚。天初明我就自然的醒来了，海面笼罩暗蓝颜色，只留水天交界处一线红紫，而云块底边，钩出浓淡有序的金线。我注意他一刻不停的变化，而且纪录与景物有关系的一切。例如观察时的季节，月份，日子，时刻，方位，风向以及一二日来的晴雨冷热。

　　倘若这样记录得很久，一定可以求得许多理论。那时，我能够闭了眼睛一手捉住这缥缈的云水，而整把的撒在画纸上，比真的云水更是生动了。到了那个时代，追忆现在的对了实物，一笔一笔的跟随，还是赶不上三分的程度的情形，真是不知道觉得何等可笑哩。

　　不过，这个快乐的功用，在于目前，而不在于将来达到的时候：有一天真的做到那个地步了，就未必快乐了。而且这个地步，与一切理想国一样，并没有绝对的存在。这快乐完全是为了鼓励我现在正在记录的辛苦而有的。

　　海潮怒吼声中，我在看陆晶清女士的"低诉"。我以为，他的诗是有质料的，所以超出近来一般的诗以上。我怕看诗，就是因为每每看了半天得不到什么东西，不但字句音节的形式不能动人，甚而至于内容是一点也没有的。这自然完全是我主观的话，或者是我不配看诗，没有程度之故，但小鹿的诗中，我觉得看懂一点他的意思了。"低诉"的作者，我是很熟识的，我知道他经历过风霜。我明白了，要心中有点经历的人方能做诗。

你也说爱他的诗，未知意见如何？

我觉得，所谓低诉仍然是怒吼，低诉是他自谦之词。如果真的只是低诉，这种世界里，有谁理你呢？

午后稍凉时候，我们走过普济寺前，到西天门去。白象庵前石级渐高，而山势渐险，地面大岩石上，刻一个红色的大"心"字，大约有五丈宽，这是一个很动人的点缀。

这里是一丛岩石，所以满是题字。有的写"流云吐月"，有的是"山云自在"，"天风海涛"。骤然间，在这石群中，见到两边高大的石壁，上面平放一大块石梁，而这石梁底下可以通人，如一大门洞，这就是称为"西天门"的缘散了。石梁上有横写的"西天法界"四个大字，而石壁上则有"振衣攉足"四字。旁边刻"证菩提道"等等。

沿山路向西走，在山顶上有一个水潭，名为洗脚盆。再过去，到了灵石庵，灵石者即有名的磐陀石也。这个石头确实有点奇趣。磐陀石的底下是一块大石头，他的形状像一只大象，我不能估量他的重量有数千万斤，但这块石头的周围，大约有一百丈，而四周均是泥土，不与他石相连，上面刻"无量寿佛"四个大字。这一块大石上面，再平放一块大石头，即磐陀石，所谓平放者，决不是我拿来放下，或者是什么人雇了千万工人扛了放下的，这一块大石头，不是天下生灵的力量所能移转。他比底下的"无量寿佛"还要广阔，两边悬空，中间支接处，亦通一线光明，故两面的人可以对望，据说用一条线可以在两块大石头间平放的隔过，这是极顶的形容而已。

石旁置一木梯，一直可以走上磐陀石。上面是一片平坦，面积之大，可以作一百个人的会议场。在这里看落日是最好的了。山海辉耀，使人景仰。石上刻有许多字：灵石，如见大士，佛现莲台，及会稽陶浚宣所题善财第廿八参观音处。因为据说观音说法时，善财童子就在这里听法。

那末观音在那里说法呢？在磐陀石以东，就有一个"说法台"，与磐陀石差不多高。磐陀石以西，有许多石峰，也被比为听法者，所以称为"五十三参石"，这数目是依照佛经上的所说，并不是真正五十三个。"说法台"对面有大石高广约十丈，推之能动，称为"点头石"，了悟法理之意。

最有趣的是一块岩石上有一个乌龟形的石头，有昂首谛听的样子。下面岩石分裂，更像一个从底下爬上来的乌龟，项颈伸长，露出筋脉。这里就称为"二龟听法"，观音说法，其感化一直及于乌龟了，这是很有意思的。

晚餐以后，我们在月下吹风听涛声，茶房走进来，我们请他坐坐。望见对面大海中的灯火，一亮一暗的闪烁，他说，"这灯塔是在洛迦山，外国人出钱来点的，过去外面还有一个，这一带的海灯，都是外国人点的。他们派人来管，每到日期，送来点灯

的煤油，米，菜，洋钱，不会误日子的。我这里去过的，所以都晓得。"在他看来，外国人的来点灯，好像是善主们到普陀来造庙铺路一样，好像李太太在佛顶山上点灯塔一样。其实中国沿海一带的灯塔都是外国航业公司所设，也是由他们管理，这不仅是慈善的问题，还有主权与责任更是重要，可惜中国是不争这种体面的。

洛迦山不与普陀山相连，但他与对面的朱家尖，白沙诸岛相接近。上海到广东的轮船以至于亚洲到欧洲到美洲大船都在这边上经过，所以灯塔是很重要的，但灯塔是在洛迦山北的尖角上，大潮时自成小岛，水退则只有一沟，空手时可以一脚跳到洛迦山来，若挑担就不好跳了。

这也是茶房说的。洛迦山有四个小庵，名自在篷，观觉篷，圆通篷，妙湛篷。他与别地方交通很少，而本岛上又无出产，所以比普陀更易修静，但也更是困苦，米物要人送去，如果没有雨水，则饮料也是要仰给别人，因为海水是不能喝的。

据茶房说这海中很多乌贼鱼，春天时候，小黄鱼满海面的来叫，声音非常响。我说鱼能叫，我没有听到过，恐怕是蛙声吧。但他坚决的说，这是小黄鱼的叫声。渔人常到外边海中来捉，但不靠近普陀来，因为普陀戒杀生，禁止捕捉有生物。提了鱼运到宁波上海去卖，这里舟山岛上沈家门地方，有冰厂，终年有冰，装在鱼箱中，在夏天亦可几日不坏。对面朱家尖，白沙两岛上居民百余家，都是以捉鱼为业的。

九月四日

附寄你这幅海天画景,我之所以题为"寄怀苹彩天"的理由,我相信你在这清晨,与我一同看到这海天。

今天起来,天还没有大亮,日出前的云霞好看极了,我赶画两张小幅,寄你的一张就是其中之一,想往梵音洞去,一则太阳还是很猛烈,二则肚子觉得有点重,出去有点不可能,只好去作画。

我到普济寺去画大殿,大殿庄严,太阳光底下照耀的黄瓦,衬在高大树木的绿叶之后,又是强烈,又是调和。门前是阶级一幅香炉烛台,高大无比。而日光通过绿树,筛下细碎的影子。这一幅静寂而庄严的图画,我已钩成铅笔,正想敷色了,送信的刚来普济寺来送信,我问他有我的没有,他就交我一封。

这信封的四周印有黑色的边,可知是死人的消息。谁死了呢?急忙的注视,是法国来的,是同学Petit姑娘死了!

以前,死的消息总是我们长辈的,现在是常常遇见比我年轻的人了。

这位小姑娘正在选择夫婿的时代,不知什么疾病,骤然的摧折了。

我的思想很不能宁静,画是不能继续下去的了,正想收抬画具回朝阳洞去,觉之来了。他说收到南京的信,本月十日就要开校,要他即日回去。所以他即来告诉我,我亦以接到同学的死耗告诉他。大家都觉得无精打采。于是在普陀的一切计划只得从此收起,我这一张画恐必此生不再继续了。

我们且走且计算，觉之以为尚有梵音洞与洛迦山没有去，不免是憾事，既然来了，只好多延一天，游玩没有去过的地方。

我们是走到短姑道头了。

据说有姑嫂同来普陀朝香，到岸时，小姑的月经来了，嫂嫂攻击他这个短处，以前这短字可以作责骂批评之意，故有"短姑"之称。小姑不敢以污浊之身走上岸来，所以一人留在船中。潮水满涨，船离远，他肚饿不能得食。忽然看到一个老太婆送饭来了，手中接连不断的投小石到水中，使水底较高，涉水到船边来。他并不追究，就把送来的饭吃了。等到嫂嫂烧香以后回到船里来，听到这故事很觉得奇怪，但看了小姑吃剩的东西，确实可以证明，所以相信是佛现化身，于是急急回到寺中再去祈祷，仰头见观音大士在莲座上的衣边还是湿的，是涉水送饭来的痕迹。从这个故事，我们知道观音大士并不憎恶月经。

这个故事是编得很好的，可惜解释"短姑"两个字并不很切贴。我想，要来解释短姑道头，必有更明白的方法，而这一个名字，必定是别有来历的。

岸边有一庵，建造一只船的形状。这庵就名为西方船。船尾有一条旗杆，好像西洋轮船的样子，大概作者以为既然名为西方船，一定是西欧开来的轮船的样子。此后塑起佛像来，想必要请西欧人来做范型了。

九月五日

普陀海浴

肚子咕咕的发叫,而且隐痛不便,大概是痢疾了。

痢疾是苍蝇传染的。普陀戒杀,确是和平世界,然而佛法感化,没有使成群的苍蝇不作卑鄙龌龊之事,这和平是绝不稳固的。普陀的苍蝇太多了。

我不能吃饭,饮多量果子露,以求舒畅,然而毫无效力,夜间几次肚痛而醒,几次大便,总是没有通畅。因此我的精神与气力已很受影响。

海水浴是没有气力了。要想散步,也没有多大气力。既然要回去,只得先去问船期。向来每星期六有船从上海直接来普陀,星期日开回去;但到八月底是停至了。要走必须坐船到宁波,再坐船至上海。但这船不能当天开到宁波,下午五点钟开船,到舟山岛的沈家门停泊一夜,明天再开行。

船公司的牌子上有一个埠头叫做桃花,这名字很好听。桃花也是一个小岛,故亦称桃花山。

因为怕我太吃力,所以在普济寺前荷花池上的永寿桥桥栏上一坐,远远的听到后海的潮声摇撼,决定要走的时候,一切更觉可爱了。

九月六日

我愿意忍耐腹痛到梵音洞去一游。腹痛在屋内是痛,出去也不过是痛,并无特别可虑之处;不过走路自然太吃力,所以只要雇轿子去,是毫无问题了。但觉之劝我不必如此着急,他在自己是不肯被什么制限的,为我设想,就是如此稳健了。他再三劝我

去看医生。

普陀有一个医院,据说是中西医都有,中医是一个和尚担任。这地方是每天经过的,我虽深深的钦佩这个设施,但没有想到我将与他有关系。

在医院中等了几分钟,一位先生出来就问我"肚子不大通畅吗?"他的眼光很不错呢。他诊脉,看舌苔,虽然房中满是放药瓶的玻璃柜子,但我猜测他是一个中医。后来他说出"这是气与湿"以后,我决定他是中医了。既然是中医,想必是一个和尚了,头皮是剃得精光的,所以我问:

"先生是出家人吗?"

"我是在家人。"他回答我。

"以前有一位和尚行医的吧?"

"现在没有了。"

他说这病是不要紧的,这几天湿热重,所以同样病的很多。这当然都是苍蝇的成绩,然而看他很有把握的样子,说只要服一两剂就好,我也就放心了。走到药店里,看他有苏佩兰之类树皮草根一包一包的包扎起来。医生说吃些蜂蜜可以通肠,但药店中没有了。我们买了木炭回来,在房中自己管了煎起药来,喝下以后,下午两点钟就大大的通泻一阵,晚上再泻一次,病完全除去了。

明天决定离开普陀,今晚的看月是最后的一次了。

九月七日

早晨起来，身体虽然疲倦，而肚痛完全好了。所以，无论如何，在这临走的一天，观音洞之游是不肯错过机会的。

微明时节，彩霞缭绕，可以想见今日天气的晴热，我们赶先整理什物，预备游梵音洞可以多有时间，而回来后拿起行李就可动身了。觉之当然是很仰慕梵音洞之名，但他的哲学是画饼可以充饥，想饼也是可充饥。再说下去是天下并无所谓饥，讲得一片大道理，证明他从来没有饥饿。当他怕妨害别人的时候，他冷淡到成为一个什么都不需要的木偶一样了。他说将来再去好了，况且梵音洞未必怎样的稀奇。

倘若因为这句话而说他到梵音洞没有诚心，菩萨罚给他一个下下的签经，菩萨呀，菩萨也错怪人了。

我决然的去叫轿子了，可是这个讨价很是惊人呢。于是，我想我可以到和尚处付钱去了，每人每日一块钱，膳宿都在内。顺便请和尚代我们论量轿子的价钱。然而和尚说，"你们自己去讲，我们不能代雇。"我听语调很是生硬，似乎是不肯帮忙的样子。其实这只是说话态度的问题，他走出来对轿夫说："我是不能代雇的。他们是学堂生，不是香客，照我们的定价是不得了的。"他不肯代雇是免得依照他们香市时节的定价。这样的说明确实是有好处的，说定到中午为止，每乘轿子十角钱。

涉千步金沙，渡飞沙坳，行约十里，到梵音洞。这是普陀的东面极点，他是普陀胜景中最远最难到的地方了。山路到此为削壁所阻，只见前面一片汪洋，怒潮撼山，万物震动。岩高三五十丈，从顶到底分裂为二，加以灰紫的颜色，引人不可思议

的恐惧。浪涛从这裂口打进去，这声音是变幻万分了。据说就在这岩石裂处，观音大士常现法身，金光万道，虔诚者可见。可惜像我这样的人是不能看见的了。信仰佛法的人，在此烧香点烛，许愿求福。信仰名胜的人，在墙壁上题名题诗，期待这痕迹永不消灭。我们呢，没有什么可以安慰的，文字诗句的传留，最是偶然的际遇，多少坏的成了名，好的淹没无闻。佛由心造，原是人为，香烛祈祷，更是虚伪。倘若说到最实在也没有了的吃饱睡着，于我们却是瞎子看戏，不入眼里。因此，我们无所谓快乐，更没有安慰了。倒是有信仰的人，在小小的获得中随时觉得快乐。

就在这岩壁前的海水上，架桥建庙，其幽暗深邃，使到来的人没有一个不陡起思想。从石级上去，就在这岩壁边，还是分秒不停的听到潮声中，走到一个大殿中。我们照例不拜不求的走到签筒中去抽签。我常常抽得上上签，而觉之总是下下，虽然照签语中的意思是很好的，只是照写签的人的观点以为是很坏的。觉之抽得第四十九签，又是下下，他戏说，这是错的，再来一个。抽出来以后，他轻声的说："又是四十九签！"和尚听到就走近来了，他和气的说，这里大士现身过，所以是每次灵验的。

这地点确实好，但屋小不能留客住、买菜不方便，而和尚的米粮也很不容易运来。

客堂中悬挂大士现身法相，下署上海同孚路汪氏题字。汪老太以虔诚得见金光万丈的佛相，于是他叫去的照相匠也得见到，而照相匠带去的照相机也成了虔诚信徒，可以见到金身而照出之，深深抱愧我们不如一个呆笨的照相机。

我知道说这句话正是我的呆笨，我们因为受了西洋科学的教育，不能了解宗教的尤其是印度佛教式的所谓智慧了。这是我们得不到快乐与安慰的原因。

说到信仰以后，觉之大谈信仰了。他是根据哲学心理学社会学的，自然高深广博，很有兴趣。但其中最有意思的是讨论现代中国青年的心理。他说现代中国青年是释放出来了，所以尽量的发展他们的分析与批评，事事分析，事事批评。西洋自文艺复兴以后，个人主义尽量的发达，到了现在，因为信仰渐渐的消失了，于是又竭力的趋向于社会主义，想来造成一个信仰。俄国的集团是救济分析与批评的大缺点。个人主义是太偏于理智的，所以社会主义又注重感情。可是中国难以骤然造成社会主义的国家，个人主义的社会虽成为不合时宜，但只好使他快快的经过这个阶段。

梵音洞附近有洛迦洞，但非洛迦山之洞。地面狭小，临崖筑室，有一口井，揭盖可以望底。

千步沙的尽头有羼提庵，本来并不有名，但去年后山岩石崩倒，把十余间洋房都压倒，地面上留下一块大岩石，大得很可观。造花园的人家，搬了石头堆假山，我相信，从来没有搬到这样大的石头。然而搬运这块大石头的本钱也不小了，十几间房屋的代价呢！幸而是中午没有睡觉的时候，没有压伤和尚。这一块大石头上写了"飞狮石"三个大字，是李景林所写像打拳样子的字体。这名字取得很不坏,有了一个好名字,一件故事便有人传诵了,艺术家就是常常被人这样利用的。可惜这个飞狮是死在这里了。这故事是菩萨顶管灯塔的欢喜和尚告诉我的。

看过飞狮石以后就回来,太阳猛烈之故,我觉得有点头痛。梵音洞之游总算达到目的,然而洛迦山是不能去了。但愿下次有机会再来。其次是朱家尖与白沙的渔人生活不能去一看。潮音洞的岩石下小庙上有一棵树,天福庵门前树干上的花纹,都是很好的画材,没有去画来。还有普济寺大殿的一幅画没有继续下去。我每次离开一个地方,总是好像死别时候的难忍,这样练习惯的人,到了要死的时候,倒是不以为意了。

现在是离开普陀,坐在回宁波去的船中了。

普陀是值得一游的,你不可不知道他的来路。上海有宁绍公司的船直开普陀,但只限于春夏季的星期六日。宁波每天有船到普陀,早晨七时开行,午后四时可到。从上海至宁波除星期六每天有船,或者由杭州坐汽车过绍兴,再由火车至宁波。

听说在普陀出家须先缴一千元,给你吃着一世,有人在普陀遇见一个新和尚,漂亮面貌,戴金丝眼镜,四川口音。他是一个大学生,为了失恋而做和尚。可是有一个规矩,如果怕做和尚而要还俗,也要缴一千块钱。可见做和尚也不容易,而还俗更难,于是想做和尚想还俗的都只好想想而已。甚而至于,我记得是潮音洞有一块碑,刻"禁止舍身燃指",以前有人舍身投岩崖潮水中,或燃烧手指以求看见佛现真身,现在是禁止了。谁说人有自主？自己生死也是不自由的，人情就只爱"适可而止"。

可是我们游玩的人，随来随去，完全自由。

你船泊普陀时，就是短姑道头，遥见高大的牌楼，上有直匾"南海胜境"。左右一副对联是：

一日两度潮，可听其自来自去；
千山万重石，莫笑他无觉无知。

还有一块横额是"同登彼岸"。

熙

九月八日

（刊《南华文艺》第一卷四号和一卷九、十号合刊，一九三二年二月十六日、五月十六日出版。）

读书并非为黄金

——我的不读书的经验——

中国人太把"读书"看得严重，"书中自有黄金屋，书中自有千钟粟"的说法，先认读书为苦不可耐，于是用黄金利禄来引诱，就是"吃得苦中苦，方为人上人"的意思。

本刊征求我读书的经验，我不敢以读书人自居（虽然读书人的"书生气"的坏处依然是很多），我是能说的不是读书的经验，而是不读书的经验。

我三周岁以后就读书，读书这样早，完全因为我幼年时太活泼，毁坏了许多东西的缘故。一直到十二岁，全是旧式灌注的教育，除了识字的成绩以外，到现在是毫无益处。因为读书没有趣味的缘故，此后入学校，直至师范学校毕业为止，凡有书本的功课我都不大喜欢。所喜欢的是手工图画以及书本以外兼有实物的理化博物。再后则半工半读或者整日工作而夜间自己读书而已。

尤其是在法国的时候，因为经济的能力是不能读书的，所以，一方面分出时间去工作，一方面又节省读书应有的一切工具与方法，欲读书而不可得了。我没有人教我法文，为了节省起见，不懂一句法文，就进美术学校学画去了。自己看看法文书，弄出许多的错误。为了这个缘故，我的一点智识，都与事实有关，例如法文中的"兰花"一字，是同学在公园中告我的，所以至今联想到这同学与公园，"延长"一字联想下雨与房东老太婆，因为并不是从读书得来，所以我没有什么字是可以联想书本的。

这该是很大的耻辱。

不但如此：许多人是先读了书，后来证之事实，惊叹古人深思明辨，于是豁然贯通的说一声："此诚所谓'学于古训乃有获''监于先王成宪，其永无愆'也"。

而我则不然，我的肚皮里没有书，没有把有系统的书本智识作为辨别事理的根据，每遇到事物上有疑问，只得乱翻书本来求解答而已。

我以为，中国人把读书看得太苦亦太尊贵了，于是与世界事物脱离了关系。读书与散步、踢球、看电影、游山玩水，并不冲突，而且是互有补益。（大学生天天进跳舞场未必有益，但偶然去一次，未必带回满身的恶景，这全在自己的处置如何耳。）

我觉得，一个法国人的走进图书馆去，简直同走进戏院电影场去是一样的性质。星期或假日，不必工作的时候，法国人就要利用这一天时间，作有益身心之事。我不是说法国人愚笨，肯以读书苦事视为看戏看电影一样的快乐：我要说的是读书得法的时候，与戏剧电影之启发智识，涵养德性，陶冶情感的出之消遣性质者，完全是一样的。

中国的电影太受美国影响的缘故，游嬉的性质太多，学术的意味太少了。

反之，中国的读书，或者可以说，学术的意味太多，而引动趣味太少，内容则平板陈腐，文字则枯燥生硬，虽有黄金利禄的引诱，天下尽有未用读书作"敲门砖"而骗到了黄金与利禄者。

著书者与读书者的态度都可以改变一下。

（刊《读书季刊》第一卷二号，一九三五年十月一日出版。）